痴人之愛

谷崎潤一郎

劉子倩——譯

一

此文接下來將就我們夫妻之間恐怕世間罕有的關係，盡可能誠實、簡單扼要地如實寫出。於我自己是難忘的寶貴記錄，同時對各位讀者而言，想必也能有所參考。尤其最近日本也逐漸步向國際化，國人與外國人頻繁交流，各種主義及思想傳入，男人自不待言，就連女人也變得越發時髦，在此趨勢下，像我們夫妻這樣過去罕見的關係，想必今後也會在各位身上發生。

仔細想想，我們夫妻打從初識就不尋常。我第一次見到我現在的妻子，恰好是八年前。不過幾月幾日我已記不清了，總之當時她在淺草雷門附近的鑽石咖啡廳當女服務生。當時她虛歲年方十五。我認識她時，她才剛到那家咖啡廳上班，還是新人，所以不算是正式的女服務生，是見習生——說穿了，只不過是女服務生預備軍。

至於當時已經二十八歲的我何以看上那樣的小女孩，這點我自己也不清楚，起初大概是喜歡她的名字吧。雖然大家都喊她「小奈」，但有次我問她，她說本名叫做奈緒美。「奈緒美」這個名字，深深激起我的好奇。「奈緒美」這名字妙不可言，寫成拼音 NAOMI 簡直像外國人，從此我就開始漸漸注意她。不可思議的是，一旦覺得她的名字洋氣，連五官都越看越像西洋人，而且看起來非常伶俐，我漸漸覺得她「待在這種地方當女服務生太可惜」。

實際上她的長相（必須在此聲明，接下來我決定用羅馬拼音寫她的名字。好像非得這樣寫才有感覺）有點像電影女明星瑪麗．畢克馥[1]，的確有幾分西洋人的味道。這絕非我偏袒她才這麼說。如今她成了我妻子還有很多人這麼說，可見確是事實。而且不只是臉蛋，當她裸體時，體型更加像西洋人，但那當然是後來才知道的，當時我對她還沒那麼熟悉。只是根據她穿衣的樣子模糊想像，以她那種身材想必手腳也很修長吧。

十五、六歲少女的心思，除非是骨肉至親的父母或姊妹，否則很難理解。因此若問我她在咖啡廳時是甚麼個性，我也說不出個所以然。想必就連她自己，也會說當時只顧著努力過生活吧。但就旁觀者而言，嚴格說來，她算是比較陰鬱、沉默的女孩。臉色也有點蒼白，就像把無色透明的玻璃板層層重疊，有種深沉的色調，看起來不太健康。這一方面或許也是因為她才剛來上班，不像其他女服務生塗脂抹粉，和客人及同事也不熟，只是縮在角落默默埋頭工作，所以給人那樣的印象吧。至於感覺她生得伶俐，可能也是同樣的緣故。

在此，我必須先說明一下我的個人經歷，當時我的月薪一百五十圓，是某電子公司的技師。我生於栃木縣的宇都宮，在家鄉的中學畢業後來到東京就讀藏前的高等工業學校，畢業不久就成為技師。除了星期天，每天都從芝口的出租房去大井町的公司上班。

我獨自寄宿別人家，月薪有一百五十圓，所以生活相當優渥。況且我雖是家中長子，卻沒有義務寄錢給家鄉的父母和手足。因為老家經營大規模農業，父親已過世，有年邁的母親和忠厚老實的叔叔嬸嬸打理一切，我得以自在逍遙過日子。但我也沒有花天酒地，還算是模範上班族——簡樸、認真、平庸得無趣、毫無不平不滿地天天努力工作——當時的我大致是那樣吧。說到「河合讓治」這個人，公司上下

1 瑪麗．畢克馥（Mary Pickford，一八九二—一九七九），出生於加拿大多倫多，為美國默片時代最受歡迎的女演員之一，被譽為「美國甜心」。

甚至有「君子」的評價。

因此我的休閒娛樂頂多是傍晚去看電影或去銀座大街散步，偶爾大手筆去帝國劇場，如此而已。不過我是未婚青年，當然不排斥和年輕小姐接觸。我本來就是鄉下長大的粗人，不善交際，因此和異性毫無來往，可能也因此才被視為「君子」，但我只是表面君子，內心實則相當悶騷，無論走在路上或是每天早上搭乘電車時，都在不停注意女人。正好就在這樣的時候，NAOMI 這個女孩偶然出現在我眼前。

但我當時自然不認為她就是天下第一美女。在電車上、帝國劇場的走廊或銀座大街這些地方擦身而過的女子之中，不消說，當然有許多人長得比她更漂亮。她會不會變美是將來的問題，十五、六歲的小丫頭今後的變化讓人期待，也令人擔心。因此起初我的計畫，就是先收養這個女孩照顧她。如果她希望的話，我就好好教育她，就算娶她為妻也無妨——頂多是這樣的程度。這一方面是因為同情她，另一方面則是想給我自己過於平凡單調的生活增添些許變化。坦白講，我對長年寄宿的生活已經厭倦，很想給這種殺風景的生活增添一抹色彩與溫馨。空間小一點也沒關係，不如找一棟獨門獨院的房子，然後布置房間，種種花草，在日照充足的陽台掛一籠小鳥，再雇一個女傭打理廚房和清掃。屆時 NAOMI 如果來了，可以扮演女傭的角色，想必也可代替小鳥陪我解悶。大體上，我就是這麼想的。

既然如此，為何我不娶個門當戶對的女子，建立正式的家庭？——簡而言之，我還沒有結婚的勇氣。關於這點必須稍做詳細說明，基本上我是個有常識的人，討厭離經叛道的行為，也做不出那種舉動，但說來奇妙，我對結婚的看法相當前衛時髦。談到「結婚」，一般人往往傾向鄭重其事地舉行盛大儀式。首先有所謂的「說媒」，不動聲色探詢雙方的意象。接著是「相看」。相看之後雙方如果沒有不滿就正式請媒人提親，進行結納，把新娘子或五抬，或七抬，或十三抬的嫁妝送去婆家。然後舉行婚禮、蜜月旅行、歸寧……一連串相當麻煩的程序，而我就是討厭這種東西。我認為要結婚就該採取更簡單自由的形式。

當時我如果真想結婚想必有一大堆人選。我雖是鄉下人，但體格健壯，品行端正，這麼說或許可笑，但外貌也有普通水準，在公司也有信用，因此想必任誰都會欣然替我介紹吧。可我就是討厭這樣「被人介紹撮合」，所以沒辦法。即便對方是絕世美女，單憑一、兩次相看，也不可能了解彼此的想法和性情。只憑著「有那樣的條件還可以」或「還算姿色不錯」這種一時的心情就要決定一生伴侶？這麼荒唐的事我怎麼做得到！仔細想想，還是把 NAOMI 這樣的少女領回家，慢慢看著她成長，如果喜歡就娶她為妻的方法最好。反正我又不想娶甚麼富家千金或高學歷才女，這樣就足夠了。

不僅如此，能夠和一名少女為友，朝夕看著她發育成長，抱著快活的，說穿了甚至是遊戲的心態住在獨門獨院的房子，和建立正式家庭另有一種不同的趣味。換言之我和她要進行一場隨興的扮家家酒遊戲。沒有「成家」那種麻煩的意味，可以過著悠哉的簡單生活——這就是我的期望。實際上如今日本的「家庭」，動輒得在既定之處放置櫃子啦、長火盆啦、坐墊啦這類東西，主人與妻子及女僕的工作劃分得清清楚楚，和鄰居及親戚的往來也很囉唆，為此還得額外花費不少錢，本可簡單解決的事情變得繁瑣又拘束，對於年輕的上班族而言絕不愉快，亦非好事。就這點而言，我深信這個計畫的確是靈光一閃的好主意。

我把這個計畫告訴 NAOMI，大概是在我認識她二個月左右之後吧。這段期間，我只要有空就去鑽石咖啡廳，盡量製造機會和她親近。她愛看電影，店裡公休的日子會和我一起去公園的電影院觀賞，回程再去稍微好一點的西餐廳或蕎麥麵店用餐。沉默的她在那種場合依然寡言，也不知是高興還是覺得無聊，總是低頭不語。可我邀她時，她從不拒絕。她總是老實回答「好啊，我可以去」，不管我要去哪都乖乖跟隨。

雖不知她把我當成甚麼樣的人，抱著甚麼打算赴約，但她還是個小女孩，所以她不會對「男人」投以懷疑的眼神。我猜想，她的想法大概極為單純天真，只是覺得既然有我這麼一個「叔叔」要帶她去做喜歡的活動，不時還請她吃飯，那就一起去玩吧。至於我這廂，完全是在帶小孩，並不奢望當時的她把我當成比和藹可親的「叔叔」更進一步的關係，也沒做出那樣的舉動。回想當時那淡然如夢的歲月，就像住在童話世界，迄今我仍忍不住想，好想再回到當時那樣純真的二人。

「怎麼樣，小 NAOMI，看得清楚嗎？」

電影院客滿沒有空位子時，我們只能並排站在後面，我經常這樣問。於是她就會一邊說「不行，甚麼都看不見」，一邊拼命伸長脖子，試圖從前排客人的腦袋之間窺見。

「妳那樣做還是看不見，不如坐在這木頭上，抓著我的肩膀試試。」我說著，把她往上推，讓她坐在高處欄杆的橫木上。她晃蕩雙腳，一手扶著我的肩，似乎終於滿意了，屏息凝視大銀幕。

「有趣嗎？」我如果這麼問，她只會說「有趣」，從來不會開心地鼓掌或蹦蹦跳跳，但她就像聰明的小狗豎耳傾聽遠處的動靜，默默睜大看似伶俐的雙眼觀賞，讓我發現她真的熱愛電影。

「小 NAOMI，妳餓不餓？」當我這麼問，她有時會說「不，我甚麼都不想吃」，但真的餓了時她通常毫不客氣喊餓。而且想吃西餐就說西餐，想吃麵就說麵，明確回答她現在想吃甚麼。

二

「小 NAOMI，妳長得很像瑪麗．畢克馥欸。」

記得有一次，我們正好看了那個女明星的電影，回程去某家西餐廳時，隨口提到這個話題。

「噢。」

她說，並未流露開心的表情，只是不可思議地望著突然說出這種話的我。

「妳不覺得嗎？」

我又追問。

「像不像我不知道，但大家都說我長得像混血兒。」

她無辜地回答。

「那也難怪，首先妳的名字就很特別，NAOMI 這麼洋氣的名字，是誰給妳取的？」

「我也不知道是誰取的。」

「不是妳爸就是妳媽吧——」

「誰知道——」

「那妳爸爸從事甚麼工作？」

「我爸爸已經不在了。」

「妳媽媽呢？」

「媽媽倒是還在——」

「兄弟姊妹呢？」

「我有很多兄弟姊妹喔，有哥哥，有姊姊，有妹妹——」

後來這種話題也不時出現，但她每次被問起自己的家庭狀況，總是有點不開心地含糊其辭。還有，我們相偕出遊時通常是在前一天約好，按照約定時間在公園的長椅或觀音堂前會合，她從來不會搞錯時間或爽約。有時我因某些原因遲到了，暗自擔心「讓她等了那麼久，她八成已經走了吧」，結果趕去一看，她還是老老實實等在那裡。而且一看到我立刻起身大步朝我走來。

「對不起，小 NAOMI，妳等很久了吧？」我說，她只說「對，等很久」，倒也沒有不高興的樣子，似乎也沒生氣。有一次我們約好在長椅碰面，但是突然下雨，我忐忑地趕去一看，只見她蹲在池塘邊不知祭祀甚麼神明的小祠堂簷下，還是照樣等著我，那個小模樣讓我萬分憐惜。

她每次赴約穿的，大概是她姊姊穿過的舊銘仙和服，腰上綁著棉紗友禪腰帶，頭髮也梳成日式的桃心髻，臉上略施脂粉。而且每次都穿著雖有補丁但恰好包裹她纖纖小腳的白色足袋。我問她為何只有假日才梳日本髮型，她還是一樣只說「家裡叫我這樣」不肯詳細說明。

「今天時間晚了，我送妳到家門口吧。」

我也曾一再這麼說，但她總是說「不用了，我家就在這附近，我自己可以回去」，走到花屋敷遊樂園的轉角後，她就匆匆撂下一句再見，慌忙朝千束町[2]橫巷的方向跑去。

是的——雖無必要嘮叨記述當時種種，但我記得有一次，好像終於和她比較敞開心房地好好聊過。

那應該是某個春雨綿綿的溫暖四月底的夜晚吧。當晚正好咖啡廳生意冷清，非常安靜，我在桌前坐了許久，自斟自飲——這麼寫好像我很會喝酒，其實我的酒量很差，只是為了打發時間，叫人調了一杯女人喝的那種甜雞尾酒，然後小口小口地

2 千束町，位於東京都台東區東北部，江戶時代的吉原遊廓（妓院）就在此地，到了昭和時代依然是知名的風化區。

淺斟慢酌罷了，這時她端菜過來，

「小 NAOMI，妳過來坐一下。」

我藉著幾分酒意說。

「甚麼事？」

她說著，老實在我身旁坐下，我從口袋掏出敷島香菸，她立刻拿火柴替我點燃。

「妳在這裡陪我聊兩句應該沒關係吧——反正今晚店裡看起來也不忙。」

「是啊，這種情形很少見呢。」

「通常都那麼忙？」

「很忙喔，從早到晚——連看書的時間都沒有。」

「那妳很愛看書囉？」

「對，我愛看。」

「妳都看些甚麼書呢？」

「看各種雜誌呀，反正只要是能看的，甚麼書都好。」

「那妳真了不起，既然這麼愛看書，應該去上女校才對。」

我故意這麼說，窺探她的臉色，她或許是被說中傷心事，忽然板起臉，好像在定定凝視別的方向，但她的眼中分明浮現似悲傷似惆悵的神色。

「妳看這樣好不好，小NAOMI，如果妳真的想求學，我可以讓妳去讀書。」

但她依舊沉默，於是我用安慰的口吻說：

「哪？小NAOMI，妳別不吭氣，好歹說句話。妳想做甚麼？想學甚麼？」

「我想學英文。」

「嗯，學英文——就只有這個？」

「還想學音樂。」

「那我幫妳出學費，妳就放心去上課好了。」

「可是我現在念女學校太遲了。我已經十五歲了。」

「沒事，女人和男人不同，十五歲一點也不遲。不過如果妳只想學英文和音樂，就算不去女學校，也可以自己請老師。怎麼樣，妳是真心想學習嗎？」

「那當然——那麼，您真的會供我求學？」

她說著，忽然毫不避諱地直視我的眼睛。

「對，當然是真的。不過若要念書，妳就不能再在這裡上班了，不知妳介不介意。如果妳願意辭職，我可以收養妳帶妳回家……而且我會負起全責，把妳打造成一個出色的淑女。」

「好啊，那就拜託您了。」

她毫不猶豫，當下果決地一口答應，讓我不得不有點驚訝。

「那妳同意辭職？」

「對，我會辭職。」

「可是，就算妳願意，妳媽媽和哥哥不見得同意，恐怕也得先問問家裡的意思吧？」

「不用問家裡的意思沒關係。反正不會有任何人有意見。」她嘴上雖然這麼說，其實心裡的確很在意這點。換言之，這是她的老毛病了，她不想讓我知道她的家庭內幕，所以才故意裝作不當一回事。既然她那麼排斥，我當然也不會非要打破砂鍋問到底，但是為了實現她的心願，還是得親自去她家和她的母親兄長當面商量。之後，隨著這個話題在我倆之間逐漸進行，我一再要求「讓我和妳的家人見一面」，但不可思議的是她毫無喜色，每次總是推託「不用了，不必去見他們。我會自己跟他們說」。

在這裡，為了如今已成為我妻子的她，為了「河合夫人」的名譽，沒必要非得觸怒她去抖出當時她的家世背景和底細，所以我們暫且就不談那個問題吧。反正將來各位自有明白的時候，就算沒有，從她家在千束町，年僅十五歲就得去咖啡廳當女服務生，而且堅決不讓旁人知道自己住處的這些跡象，任誰都能想像得到那會是甚麼樣的家庭。不，不僅如此，結果我還是說服她，見到了她的母親和兄長，但他們對自家女兒（妹妹）的貞操壓根不當一回事。我打算和他們商量，既然她本人說喜歡念書，況且我認為讓她長期在那種地方上班未免可惜，所以如果他們不反對，不如把她交給我照顧。反正我雖沒有太大能力，但正好想找個女傭，她可以幫我掌廚和打掃，期間我也可以供她完成教育。當然我的家境和我未婚等等情況也都坦誠告訴他們了，結果對方立刻表示「如果您肯收留她，那是她的福氣……」簡直配合得太令人錯愕了。的確如 NAOMI 所言，根本沒必要專程和他們見面。

當時我深感，世上原來還有這麼不負責任的母親和兄弟，因此更加憐惜她，總覺得她很可憐。據她母親說，他們似乎也正苦惱不知該拿她怎麼辦，「其實本來該讓她去當藝妓，但她不願意，也不能任她這樣天天遊手好閒，所以只好先叫她去咖啡廳上班」，因為這樣的緣故，如今有人願意收留她撫養成人，他們起碼也可以暫時安心了。啊，原來如此，難怪她討厭待在家裡，每逢假日總是出門遊玩或去看電影。聽了原委後我終於恍然大悟。

但，她有那樣的家庭，無論對她或對我都算是很幸運，所以事情談妥後她立刻辭去咖啡廳的工作，每天和我四處尋找合適的出租屋。我上班地點在大井町，所以我說最好盡量選方便通勤的地點，週日一早就相約在新橋車站碰面，非假日就在我下班的時間約在大井町會合，主要是去蒲田、大森、品川、目黑那一帶的郊外以及市區的高輪、田町、三田附近看房子，回程就找個地方共進晚餐，時間充裕的話就照常去看電影，或在銀座大街閒逛，之後她回千束町的家，我回芝口的寄宿處。記得當時房屋租賃業正是蕭條的時候，想找到適合的房子很不容易，我們就這樣過了半個月左右。

如果當時，在明媚的五月某個週日早晨，有人發現大森附近綠意盎然的郊外道路上，有一個看似上班族的男人和梳著桃心髻衣著寒酸的小姑娘並肩步行，不知會以為二人是何種關係？男方喊小姑娘「小NAOMI」，小姑娘喊男人「河合先生」，不像主僕，不像兄妹，可也不像夫妻或朋友，彼此略帶客氣地時而交談，時而查詢地址，時而眺望附近的景色，或者左顧右盼隨處可見的樹籬、庭院、路旁綻放的小花，在晚春漫長的一日看似幸福地四處漫步的這二人，肯定是不可思議的關係。提到花就讓我想起，她很愛西洋花卉，知道很多我根本分不清的花名——而且那些名稱還是麻煩的洋文。她說在咖啡廳上班時一直是她負責打理插花，所以自然而然記住名稱，當我們經過某戶人家湊巧窺見門內有花房溫室，她就會眼尖地立刻駐足，開心地嚷著：「哇，好漂亮的花！」

「那妳最喜歡甚麼花？」某次我這麼試問時，她回答：

「我最喜歡鬱金香。」

她在淺草的千束町那種遍地垃圾的巷弄之間長大，或許反而讓她更憧憬遼闊的田園，養成愛花的習慣吧。如果發現田埂邊或鄉村小路有紫羅蘭、蒲公英、紫雲英、櫻草這些植物，她就會立刻跑過去摘花。這樣一整天走下來，她的手裡已握滿鮮花，被她綁成好幾束小心翼翼帶回家。

「那些花不是全都枯萎了嗎，還不趕快扔掉。」

即使我這樣說她也不肯聽，

「沒關係，只要吸了水就會立刻起死回生，可以放在河合先生的桌上。」臨別時她會把那些花束送給我好幾把。

這樣四處尋覓也找不到好房子，猶豫許久後，最後我們決定租下的，是從大森車站走一千多公尺後，位於省線電車的鐵軌附近，甚為粗製濫造的一棟洋房。是所謂的「文化住宅」——當時還沒那麼流行，不過若用現在的說法大概可以這麼稱呼吧。陡峭的紅色石版屋頂，幾乎占了房屋全體高度的一半以上。雪白外牆彷彿火柴盒。到處還鑲嵌長方形的玻璃窗。正面門廊前，與其稱為庭院毋寧只是一小塊空地。大致上外觀就是這樣，畫成一幅畫可能比住進去更有趣。不過這也難怪，這房子本就是某畫家建造的，據說他與女模特兒結婚後就住在這裡。因此房間格局也非常不方便。樓下只有一間異樣寬敞的畫室，和狹小的玄關與廚房，另外二樓還有一坪半和二坪多的房間，但那也像閣樓的儲藏間，沒有一個像樣的房間能用。畫室內有梯子通往那個閣樓，上樓之後有圍繞欄杆的走廊，就像劇場的包廂，從那欄杆可以俯瞰畫室。

NAOMI第一次看到這棟房子的景致就說，

「哇，好時髦！我喜歡這種房子！」

她似乎非常中意。而我看她那麼喜歡，當下也贊成租下這裡。

她大概只是基於孩子氣的想法，就算房子隔局毫不實用，還是對那如同童話插圖的奇特模樣感到好奇吧。對於散漫的青年和少女毫無家庭感、只是抱著遊戲心態居住而言，這的確是最適合的房子。以前那個畫家和女模特兒八成也是抱著這種心態住在這裡，實際上如果只有二人住，光是那間畫室，用來睡覺吃飯已綽綽有餘。

三

我終於收養她，與她搬進那棟「童話屋」，應該是在五月下旬吧。住進去之後倒也沒想像中那麼不便，從日照充足的閣樓可以遠眺大海，向南的前院空地正好可以做個花壇，美中不足的是省線電車不時會經過房子附近，不過中間還隔著一小塊田地，所以沒那麼吵雜，基本上算是很理想的住處了。不僅如此，因為這房子對一般人而言並不適合居住，所以房租意外低廉，當時物價基本上算是很便宜，而這棟房子不需押金每月房租只需二十圓，所以我也很滿意。

「小 NAOMI，今後妳別喊我『河合先生』了，就叫我『讓治』吧。讓我們像朋友一樣好好過生活。」

搬家那天我這麼叮囑她。當然，我對家鄉那邊只說這次我搬家租了獨門獨院的房子，雇了一個十五歲少女當女傭，並沒有說我要和她「像朋友一樣」同住。反正家鄉少有親朋好友來訪，當時我想，遲早有一天，等真正需要通知時再告訴他們吧。

接下來有段時間，我們就忙著替這奇特的新家添置各色家具，為了怎麼擺設怎麼布置，度過忙碌卻快樂的時光。我想盡量啟發她的品味，因此即使只是買點小東西也不會自行決定，一定會讓她說說她的意見，盡可能採用她的想法，不過這房子本來就沒有矮櫃或長火盆這類日本常見的家具擺設，因此選擇也更自由，可以按照自己的喜好自由發揮創意。我們找來廉價的印度花布，她用生疏的手法自己縫製窗簾，從芝口的西洋家具店找來舊藤椅、沙發、搖椅、茶几擺放在畫室，牆上掛了兩、三張瑪麗．畢克馥等美國電影明星的照片。本來寢具方面我也想盡量選用西式的，可是若要買二張床得多花一筆錢，不如讓鄉下家裡送棉被過來，所以只好作罷。

但家鄉替 NAOMI 送來的，是給女傭睡的寢具，所以是那種常見的唐草花紋硬梆梆的扁棉被。我覺得這樣她有點可憐，於是說：

「這有點太差了，還是跟我換一條被子吧？」

「不，沒關係，我用這條就夠了。」

她說著，拽著那條被子，一個人寂寞地睡在閣樓的一坪半房間。

我睡她隔壁同樣位於閣樓的二坪房間，每天早晨一醒來，我倆就會在各自的房間窩在被窩中互相發話。

「小 NAOMI，妳醒了嗎？」我問。

「對，已經醒了，現在幾點？」她控腔。

「六點半——今早我來煮飯吧？」

「真的？昨天是我煮的，今天就由讓治先生煮也好。」

「好吧，那就我來吧。不過煮飯有點麻煩還是吃麵包算了？」

「好啊，不過讓治先生真狡猾。」

然後我們如果想吃白飯就用小砂鍋煮，煮好了也沒把飯裝進飯桶，直接把砂鍋端到桌上，配著罐頭吃。如果覺得煮飯太麻煩，就用麵包牛奶果醬將就一下，或者吃點西式糕點，晚飯就用蕎麥麵或烏龍麵湊合，想吃得好一點時，我們就去附近的西餐館。

「讓治先生，今天請我吃牛排。」

她經常這樣說。

吃完早餐，我留她一個人在家，自己去上班。上午她會整理花壇的花草，下午就把空蕩蕩的家上鎖，去上英文和音樂課。英文最好一開始就跟西洋人學，因此她每隔一天去一次住在目黑的美國老小姐哈里森那裡學習會話和讀本，不足之處就由我在家不時指點一二。至於音樂，這方面我完全不知該怎麼辦，但我聽說某位婦人兩、三年前自上野音樂學校畢業後在自家開班教授鋼琴與聲樂，於是讓她每天去芝區的伊皿子各上一小時的課。她在銘仙和服外面穿上深藍色喀什米爾裙褲，黑襪子，可愛小巧的短靴，看起來就像個女學生，為了自己的心願終於實現開心又興奮地勤快上課。有時我下班回家在路上遇到她，她已完全不像在千束町長大的姑娘，也看不出來做過咖啡廳的女服務生。她後來也沒再梳過桃心髻，只是綁條緞帶，編成辮子垂落。

前面我說「抱著養小鳥的心態」，但她住進來後臉色越來越健康紅潤，性情也逐漸改變，真的變成快活開朗的小鳥了。而且那間大而無當的空曠畫室，成了她的大鳥籠。五月也到了尾聲，進入明媚的初夏氣候。花壇的花一日比一日茁壯，增添繽紛色彩。傍晚我下班她下課回來，印度花布窗簾透入的陽光，把粉刷潔白的四面牆壁照耀得彷彿仍是正午。她穿著法蘭絨單衣，光腳踩著拖鞋，咚咚踏著地板唱她剛學來的歌，或是跟我玩蒙眼的捉鬼遊戲，這種時候她會繞著畫室裡跑來跑去，跳越茶几，鑽進沙發下，翻倒椅子，這樣還嫌不夠，又衝上樓梯，像小老鼠一樣在那彷彿劇場包廂的閣樓走廊跑來跑去。有一次我甚至讓她當馬騎，馱著她在屋裡爬來爬去。

「馬兒快跑！快跑！」

她嚷嚷著，拿手巾當成韁繩，讓我咬住。

記得就在我們這樣嬉戲的某一天吧——她格格嬌笑，在樓梯上下奔跑活潑過度，不小心一腳踩空從頂端摔落，頓時開始抽泣。

「喂，怎麼了——我看看摔到哪了。」

我說著抱起她，但她還是繼續啜泣，撩起袖子給我看，大概是摔落時撞到釘子之類的東西，右肘的地方破皮滲出血絲。

「真是的，這點小傷哭甚麼！來，我幫妳貼個ＯＫ繃，妳過來。」我替她貼上膏藥，撕開手巾當繃帶纏繞之際，她還是含著眼淚，流著鼻涕抽泣，簡直像不解世事的小娃兒。那個傷口後來不幸化膿，過了五、六天都沒好，我每天替她換繃帶時，她沒有一次不哭。

不過，當時我是否已愛上她，連我自己都不確定。是的，或許的確已萌生情愫，但我自認毋寧對栽培她、教育她成為窈窕淑女抱著更大的期待，我以為光是那樣就能滿足。然而，那年夏天，公司方面有二週假期，我按照往年慣例決定返鄉，遂把她送回淺草的老家，大森的房子鎖上門窗。但回鄉之後才發現，那二星期對我來說單調乏味無比，甚至感到寂寞。直到那時我才開始思考，原來沒有她竟會這麼無趣？這或許就是戀愛的開始？於是我對母親捏造藉口，提早回到東京時，已過了晚間十點，但我立刻從上野車站坐計程車直奔她家。

「小 NAOMI，我回來了。計程車還在巷口等著，我們現在就回大森去吧。」

「是嗎，那就現在回去吧。」

她說著，讓我在格子門外等候，過了一會拎著小包袱出來了。記得那天晚上非常悶熱，她穿著淺色輕飄飄綴有淺紫色葡萄圖案的細棉紗單衣，用鮮豔的淺紅色寬幅緞帶綁頭髮。那件單衣是之前盂蘭盆節我買給她的布料，她利用我不在的期間，在自家縫製而成。

「小 NAOMI，這段時間妳每天都在做甚麼？」

計程車朝熱鬧的廣小路方向出發後，我和她並肩而坐，不自覺把臉朝她蹭去，一邊問道。

「我每天都去看電影。」

「那妳一定毫不寂寞吧。」

「對，一點也不寂寞……」

說到這裡她想了一下，

「但是讓治先生比我預期中更早回來。」

「待在鄉下太無聊，所以我提早回來了。還是東京最好。」

我說著長嘆一口氣，抱著難以言喻的懷念心緒，眺望窗外不時閃過的都市夜晚繁華燈影。

「可我覺得夏天待在鄉下也不錯。」

「鄉下當然也分很多種，像我家那樣荒郊野外的農家，附近的景色平凡，也不可能有甚麼名勝古蹟，大白天就有蚊子蒼蠅嗡嗡叫，熱得簡直受不了。」

「天啊，是那樣的地方？」

「就是那樣的地方。」

「我忽然好想去海邊游泳。」
她突然這麼說的語氣，有種小孩使性子的可愛。
「那好，改天我帶妳去個涼快的地方，妳想去鎌倉還是箱根？」
「去海邊比去溫泉好——真的好想去喔。」
光聽她那天真無邪的聲音，還是以前的她沒錯，可是才短短十天沒見，她的身體好像突然發育，我忍不住悄悄偷看她棉紗單衣下隨呼吸起伏的圓潤肩膀和乳房。
「這件衣服很適合妳，是誰替妳做的？」
過了一會我說。
「是我媽媽縫的。」
「家裡的人覺得如何？沒有說衣服做得很好看嗎？」
「有啊，說了——說衣服不錯，就是花色太時髦了——」
「是妳媽媽這麼說的？」
「對，沒錯——我們家的人甚麼都不懂。」
她說著，露出凝望遠方的恍惚眼神，同時又說，

「大家都說我完全變了一個人。」

「怎麼個變法？」

「說我變得時髦得嚇人。」

「那當然，在我看來也是。」

「會嗎。——他們還叫我再梳一次日本髮型給他們看，可是我不願意。」

「那妳頭上的緞帶呢？」

「這個？這是我去寺前商店街自己買的。好看嗎？」

她說著扭過脖子，任由乾爽的頭髮被風吹拂，向我展示那隨風翩翩飛舞的淺紅色布條。

「嗯，很適合妳，這樣或許比日本髮型更好看。」

「嗯。」

她微微皺起獅子鼻的鼻尖，得意地笑了。這種嗤鼻的笑法講難聽點其實看起來有點囂張，是她的習慣動作，但在我看來反而顯得非常聰穎。

四

她頻頻纏著我叫我帶她去鐮倉，因此我們在八月初出發，計畫停留兩、三天。

「為什麼只能去兩、三天？既然要去就該待個十天或一星期，否則多沒意思啊。」

她如此抱怨，出門時還有點忿忿不平，但我是用公司忙碌當藉口才提早從家鄉回來，萬一被拆穿，在母親面前會有點不好交代。但，我察覺如果那樣說恐怕反而會讓她無地自容，

「好啦，今年妳就先忍耐一下只玩兩、三天，明年我再帶妳找個特別的地方好好多玩幾天。——這樣總行了吧？」

「可是，才去兩、三天——」

「話是這樣沒錯，但妳如果想游泳，回來之後也可以在大森海岸游泳啊。」

「水那麼髒根本不能游。」

「不要這麼不講理了，哪，妳乖乖聽話，我就買衣服獎勵妳。——對了對了，

妳不是說想要洋裝嗎？就去做件洋裝吧。」

被「洋裝」這個誘餌吸引，她終於同意了。

到了鐮倉，我們住在長谷的金波樓這家不太稱頭的海水旅館。如今想想倒是一樁笑話。因為這半年我領到的工作獎金還剩下絕大部分，本來沒必要為兩、三天的外宿省錢。況且這是我第一次和她外出過夜旅行，心情好得不得了，所以為了盡量留下最美好的印象，也不可能做出小氣的舉動，從一開始我就打算挑選一流的飯店。沒想到到了出發當天，打從走進開往橫須賀的二等車廂，我們就感到某種心虛。因為那輛火車上擠滿了前往逗子和鐮倉的夫人與小姐，排成花枝招展的隊伍，我倆這麼一混進去，我倒還好，可 NAOMI 的裝扮看起來就顯得格外寒酸了。

當然，時值夏天，那些夫人小姐們也不可能真的渾身珠光寶氣，但這樣拿她們和 NAOMI 一比較，生於上流社會的人和小老百姓之間，好像的確有不容爭辯的品格差異。雖說她現在和任職咖啡廳時相較已經判若兩人，但卑賤的血緣和惡劣的出身背景果然還是無法改變吧，我固然這麼想，她自己肯定也更加強烈地感到。平日讓她看起來很時髦的那件葡萄圖案棉紗單衣，那一刻看起來是多麼丟人啊。在場的婦女之中雖也有人穿著清爽的浴衣，但她們不是手上帶著珠寶戒指，就是隨身物品精緻奢華，在在顯示出她們的富貴，而 NAOMI 的手上除了光滑的皮膚之外，沒有任何閃亮的東西足以自傲。至今我仍記得她當時一臉尷尬地把自己的陽傘藏到袖子後面。這也難怪，那把傘雖是新買的，但任誰都看得出來那是七、八圓的廉價商品。

雖然我們幻想過是要住三橋還是大手筆住海濱大飯店，可是到了門口一看，首先就被飯店門面那莊嚴的氣勢震懾，在長谷街上來回走了兩、三趟後，終於還是決定去當地屬於二流或三流的金波樓。

旅館住了很多年輕的學生，非常吵鬧，所以我們每天都在海邊流連。活潑的 NAOMI 只要看見大海就心情很好，已經忘了在火車上沮喪的那段插曲，

「我非得在今年夏天學會游泳不可。」

她說著，抓著我的手臂，頻頻在淺水的地方嘩啦嘩啦踢水練習。我用雙手抱著她的身體，讓她趴著浮在水中，或者讓她抓緊棍子，抓著她的腿教她怎麼踢水，或者故意突然放手讓她喝到苦澀的海水，玩膩了就練習衝浪，或者躺在沙灘上玩沙

子，傍晚租借小船划到外海——而且，這種時候她總是用大毛巾裹住泳裝，有時坐在船邊，有時枕著船舷仰望藍天，肆無忌憚地高聲歌唱她拿手的拿坡里船歌〈散塔露琪亞〉。

O dolce Napoli,

O soul beato,

她用義大利語歌唱的女高音，響徹風平浪靜的海上，我著迷地傾聽，一邊靜靜划槳。她嚷著「划遠一點，再遠一點！」渴望無限奔馳於波浪之上。不知不覺天色已暗，星星閃閃爍爍從空中俯瞰我們的小船，四周已朦朧籠罩暮色，唯有她的身影被淺色毛巾包裹，輪廓模糊。然而她開朗的歌聲始終不絕，〈散塔露琪亞〉重複了一次又一次，之後是〈羅蕾萊之歌〉、〈流浪的人們〉、歌劇《迷孃》的一小節，隨著船隻緩緩前進，她唱了一首又一首歌……

這種經驗，年輕時想必人人都有過吧，但對我而言那時其實才是第一次。我是電子技師，素來與文學、藝術這類東西無緣，也很少看小說，但當時我想起的是以前看過的夏目漱石的《草枕》。是的，我記得那本書中有提到「威尼斯逐漸下沉，威尼斯逐漸下沉」，當我倆這樣坐在船上，從外海透過朦朧暮色眺望陸地的燈影，那段文字不可思議地浮現心頭，忽然很想就這樣和她隨波漂流到沒有盡頭的遙遠世界，有種心醉神迷幾欲落淚之感。光是能讓我這樣的粗漢體會到這種心境，鎌倉那三天就沒有虛度。

不，不僅如此，老實說，那三天還帶給我一個更重要的發現。過去我雖和NAOMI同住，卻無緣得知她是甚麼體型，講得更露骨一點，我沒看過她的裸體，可這次我真的看得一清二楚。她第一次去由比濱的海水浴場，前晚特地換上去銀座買來的深綠色泳帽和泳衣出現時，坦白講，她修長勻整的四肢不知讓我有多麼開心。是的，我欣喜若狂。因為之前我就根據她穿衣的模樣猜想過她的身材曲線大概是這樣，結果完全如我所想。

「NAOMI啊，小NAOMI，我的瑪麗・畢克馥啊，妳擁有多麼勻稱完美的體型啊。看看妳那修長的手臂。那筆直的、宛如男孩子般線條緊緻的雙腿！」

我不禁在心中吶喊。同時也不禁想起馬克・森內特[3]導演的電影中經常出現的

3 馬克・森內特（Mack Sennett，一八八〇—一九六〇），美國喜劇電影開創者之一，他曾多次運用一群「泳裝美女」（Bathing Beauties），作為其執導的喜劇電影中的素材。

那些活潑的出浴女郎。

任誰都不喜歡鉅細靡遺地描寫自家老婆的身體，我當然也是，針對日後成為我妻子的她，絮絮叨叨八卦這種事情讓大眾知道絕對不會愉快。可是如果不說又會影響故事的發展，若連這點小事都要刻意避諱，終將讓我寫下這些記錄失去意義，因此她在十五歲那年的八月，站在鎌倉海邊時，是甚麼樣的體型，我還是得在此一一記錄。當時的她，如果和我站在一起大概比我矮三公分——我必須聲明，雖然我體格健壯，但身高不到一六〇公分，在男人之中算是很矮小——但，她的骨架最大的特點，就是身短腿長，因此如果隔著一段距離望去，會覺得她比實際更高。而且她的短身呈S型非常凹凸有致，凹處的最底部，是已經充分帶有女性圓潤的翹臀。當時我們去看了知名游泳健將凱拉曼[4]當女主角的《水神的女兒》這齣人魚電影，於是我說：

「小NAOMI，妳模仿一下凱拉曼給我看。」

她站在沙灘上，雙手舉向空中，做出「跳躍」的模樣，如果她雙腿併攏，兩腿之間毫無縫隙，從腰部以下以腳踝為頂點形成一個細長三角形。她似乎也為此很得

意，

「怎麼樣？讓治先生？我的腿很直吧？」

說著，她時而走幾步路，時而駐足，在沙灘上伸展身子，自己也很開心地望著這個模樣。

另外她的身體還有一個特徵，就是從頸部到肩膀的線條。說到肩膀……我經常有機會碰觸她的肩膀。因為她每次穿泳裝時，都會來到我身旁說「讓治先生，幫我把這個扣上」，叫我替她扣上肩膀的鈕扣。像她那種削肩長頸的身形，脫了衣服通常很瘦，可她正好相反，身體意外豐滿，擁有圓潤的肩膀，以及看起來就呼吸強勁有力的胸部。替她扣鈕扣時，當她深吸一口氣，或者扭動手臂讓背上的肉起伏，本就緊繃的泳裝，頓時在如山丘隆起的肩頭撐開，幾乎繃斷。簡而言之那是蘊含力量、洋溢「青春」與「健美」的肩膀。我偷偷拿她和許多少女比較過，好像找不到第二個像她一樣兼具健美肩膀與優雅脖頸的女孩。

4 凱拉曼（Annette Kellermann，一八八七—一九七五），澳洲泳將、演員，為電影史上首位全裸出鏡的女演員。

「小 NAOMI，妳先不要動，妳一動，扣子就扣不上了。」

我總是一邊這麼說，一邊抓起泳裝的一端，像要把大型物品塞進袋中似的勉強把她的肩膀塞進去。

擁有這種體格的她個性活潑好動，堪稱理所當然。實際上，只要是需要用到手腳的事她一律很靈巧。比方說游泳，鎌倉那三天假期後，她開始每天在大森海岸拼命練習，在那個夏天終於學會了，無論是划船或駕駛小艇甚麼的都變得很拿手。就這樣玩上一整天，直到天黑時才累得精疲力盡嚷嚷「啊——累死了」，帶著濕淋淋的泳裝回來。

「啊——肚子好餓。」

她說著，重重倒進椅子。有時連晚餐都懶得煮，於是我倆回程順便去西餐館，像比賽似的狼吞虎嚥把食物一掃而光。牛排之後還是牛排，熱愛牛排的她輕輕鬆鬆就又解決掉三份。

如果要把那年夏天的快樂回憶一一記下恐怕沒完沒了，因此就到此打住吧，不過最後還有件事不得不提，那就是打從當時我便養成替她洗澡的習慣，拿海綿替她搓洗雙手雙腳後背等處。起初是因為她有時睡著或懶得去澡堂，所以直接在廚房沖水或用盆子浸泡洗去海水。

「來，小NAOMI，那樣直接睡覺的話身體會黏糊糊的不舒服喔。我幫妳洗，妳過來坐在盆子裡。」

我這麼一說，她就老老實實聽話讓我洗。那漸漸成了習慣，即便涼爽的秋季來臨也照樣這麼洗，最後我們甚至在畫室角落擺上西式浴缸和浴墊，周圍用屏風圍起，一直到冬天都這樣洗澡。

五

洞察敏銳的讀者，想必有人早從前一回的敘述便已猜測，我與她有了超友誼關係。然而，事實並非如此。隨著歲月流逝，我倆心中的確有一種或可稱為「默契」的情愫產生。但她畢竟還是十五歲少女，而我不僅如之前所說是對女人毫無經驗的端方「君子」，而且對她的貞操深感責任，自然不會因一時衝動隨便逾越那個「默契」的範疇。當然在我心中，除了她之外無人可做我的妻子，就算曾經有別的人選，事到如今我也不可能拋棄她，這樣的念頭逐漸根深蒂固。正因如此，我並不想用玷汙她的方式或玩弄她的態度去碰觸那個問題。

如此這般，我和她第一次發生那種關係，是在翌年，她十六歲那年的春天，四月二十六日。——我之所以記得這麼清楚，其實是因為當時，不，早在那之前，打從我開始替她洗澡，我就天天把我對她感興趣的地方寫在日記上。當時的她，體型一天比一天有女人味，開始明顯地發育，所以我就像家有新生兒的父母記錄「寶寶第一次笑」或「第一次開口說話」那種成長過程的心態，把引起我注意的事項逐一記錄在日記上。至今我仍不時會翻閱那些記錄，比方說大正某年九月二十一日——也就是她十五歲的秋天，這條是這麼寫的——

「晚間八點替她洗澡。她去海邊游泳曬得很黑尚未白回來。只有穿泳裝的地方是白的，其他地方的皮膚黝黑，我當然也是，但她天生膚色白皙，因此格外顯眼。即便裸體，也彷彿穿著泳衣。我說『妳的身體好像斑馬』，把她逗得哈哈大笑。……」

過了一個月左右，在十月十七日這天的記錄中，

「曬黑脫皮的地方漸漸恢復後，她的肌膚反而比之前更光滑美麗。我替她清洗手臂時，她默默凝視肌膚上被水沖去的肥皂泡沫。我說『真美』，她也說『真的很美呢』，然後又補了一句『我是說肥皂泡泡喔』。……」

還有十一月五日——

「今晚第一次試用西式浴缸。因為不習慣，她在水中滑來滑去格格笑。我說『妳是個大寶寶』，她就喊我『把拔』。……」

是的，這裡「寶寶」和「把拔」後來也屢屢出現。她纏著我討甚麼東西或使性子撒嬌時，總是開玩笑喊我「把拔」。

「NAOMI 的成長」——我給那本日記冠上這樣的標題。因此不消說，裡面記錄的都是關於 NAOMI 的事情，後來我買了相機，從各種光線及角度拍攝她越來越像瑪麗．畢克馥的臉孔，再把照片貼在記錄之間。

一提到日記就扯遠了，總之根據日記的記錄，我和她演變成難分難捨的關係，是在搬來大森第二年的四月二十六日。不過我倆之間早有不必明言的「默契」，所

以用不著哪一方誘惑另一方，幾乎連這樣的字眼都沒提過，就極為自然地默默變成那樣的結果。事後她把嘴貼在我耳邊說，

「讓治先生，你千萬不能拋棄我喔。」

「我怎麼會拋棄妳——絕對不會有那種事情，妳放心吧。妳應該明白我的心意吧……」

「對，我當然明白……」

「那妳是甚麼時候明白的？」

「這個嘛，甚麼時候啊……」

「我說要收養妳照顧妳時，妳是怎麼看待我的？——沒想過我會把妳培養成淑女，抱著將來跟妳結婚的打算？」

「我當然想過這種可能……」

「那妳也是抱著願意做我妻子的打算搬來的？」

然後我不等她回答，就用盡全力擁抱她，一邊繼續說道：

「謝謝妳，小 NAOMI，真的謝謝妳，謝謝妳能理解我……如今我才能老實

說，其實我壓根沒想到妳會變成這麼……這麼符合我理想的女人。我很幸運。我會一輩子疼愛妳……只疼愛妳一人……絕對不會像社會上常見的夫妻那樣虧待妳。請妳相信我是真的為妳而活。只要是妳的心願我一定會幫妳實現，妳就好好求學成為了不起的人物吧……」

「好，我會拼命用功的，而且我一定會成為真正讓你欣賞的女人……」

她潸然淚下，不知不覺我也哭了。那晚，我們就這麼不厭其煩地絮絮談論未來到天明。

之後沒過多久，我就利用週六下午至週日的時間返鄉，向母親坦誠說出 NAOMI 之事。這一方面是因為我看她很擔心我家人的想法，所以想讓她安心，同時我自己也希望事情光明正大地公開，因此才盡快向母親報告。我誠實訴說我對「結婚」的想法，為何想娶 NAOMI 為妻，用老人家也能理解的理由說服母親。母親本就了解我的個性，也很信任我，因此她老人家只說：

「既然你是這個打算，就娶那女孩也行，但她家那種家庭恐怕容易有麻煩，你要小心將來別拖累你。」

同時，我想就算正式結婚也要等兩、三年後，起碼現在可以盡快登記，於是也直接去千束町那邊談過，但她母親和兄長本就溫吞，事情輕易便解決了。他們雖然散漫，看來倒也不像心機很深的人，並未提出任何貪婪的要求。之後不消說，我與她的親密程度自是急速發展。當時外界還無人知曉，表面上我們繼續維持朋友關係，但在法律上已是不用顧忌任何人的夫妻了。

「哪，小 NAOMI。」

有一天我對她說。

「我們今後也繼續像朋友一樣相處吧？無論過多久——」

「那麼，無論過多久你都會喊我『小 NAOMI』？」

「那當然，或者我該喊妳『老婆』？」

「我才不要——」

「再不然該尊稱妳『NAOMI 小姐』？」

「我不喜歡你那麼客氣，還是喊小 NAOMI 比較好，至少得等我真正配得起『小姐』這個稱呼再說。」

「那我也永遠都是妳的『讓治先生』囉？」

「那當然，不然還能喊你甚麼。」

她仰臥在沙發上，手持玫瑰，頻頻抵在唇上，才見她把玩玫瑰，下一瞬間她突然說「哪，讓治先生？」並張開雙手，丟開玫瑰摟住我的脖子。

「我可愛的小 NAOMI。」我任由她緊緊摟住幾乎窒息，從她袖子底下的黑暗中出聲，

「我可愛的小 NAOMI，我不僅愛妳，老實說，我甚至崇拜妳。妳是我的寶貝。是我自己發現自己琢磨的鑽石。所以只要能讓妳成為美女，我甚麼都可以買給妳。就算把我的薪水通通奉獻給妳也行。」

「不用了，用不著為我做到那種地步。比起那個，我更想好好學習英文和音樂。」

「好，妳去學，妳去學，改天我就買台鋼琴給妳。讓妳做個在西洋人面前也不會羞於見人的淑女，以妳的本事一定沒問題。」

——這裡的「在西洋人面前」或「像西洋人一樣」的說法，我經常使用。她當

然也很高興聽我這樣說，不時還會一邊說：

「怎麼樣？我這樣是不是看起來很像西洋人？」

一邊在鏡子前面做出各種表情。看電影時她似乎也特別注意女演員的動作，比方說畢克馥是這樣的笑法；琵娜．梅妮雀麗[5]是這樣拋媚眼；格拉汀．法拉[6]總是這樣綁頭髮……最後她已入迷，連髮辮都解開，梳成各種髮型模仿，但她的確很會在瞬間抓住那些女演員的習慣動作和氣質。

「妳真厲害，就連演員都無法模仿到這種地步，因為妳的臉孔比較像西洋人。」

「會嗎？哪裡特別像？」

「是因為妳的鼻子和牙齒。」

「噢——牙齒？」

她張開嘴唇做出「咿——」的口型，對著鏡子打量自己的牙齒。她的牙齒潔白整齊的確很漂亮。

「畢竟妳長得不像日本人，穿上普通的和服沒意思。還不如乾脆穿洋裝，就算要穿和服也可嘗試比較特別的風格。」

「比如說甚麼樣的風格呢？」

「今後的時代女人會越來越活潑，所以不能再穿以往那麼沉重拘束的衣服。」

「我穿窄袖和服綁男孩用的腰帶不行嗎？」

「窄袖和服也不錯，總之怎樣都行只要盡量選擇新奇的風格就對了，最好是有那種不像日式亦非中式，更不像西式的穿著——」

「如果真有的話，你會替我準備？」

「我當然會替妳準備。我恨不得替妳準備各式各樣的服裝，讓妳每天換上不同的衣服給我看。用不著絲綢或皺綢那麼昂貴的衣料，棉紗和銘仙就足夠了，重點在於創意要夠新奇。」

---

5 琵娜・梅妮雀麗（Pina Menichelli，一八九〇—一九八四），義大利影壇天后，以飾演蛇蠍美人角色著稱。

6 格拉汀・法拉（Geraldine Farrar，一八八二—一九六七），美國女高音歌唱家及演員，以其美貌、演技及細緻嗓音聞名，為二十世紀最受歡迎的歌劇女伶之一。

聊到最後，我們經常相偕去各家和服店及百貨公司尋找布料。尤其是當時，幾乎每個星期天都去三越百貨或白木屋和服店報到。總之普通的女裝已無法滿足我倆，因此很難找到讓人眼睛一亮的花色，我覺得一般和服店沒希望，遂去染布行、地毯店、販售襯衫及洋裝布料的店，甚至專程前往橫濱，用一整天時間四處搜尋中華街及洋人居留地專做外國人生意的布店，二人雖已精疲力盡拖著腳步，還是繼續四處搜尋中意的布料。即便經過路旁也不敢大意，隨時留心洋人的打扮與服裝，瀏覽各家商店櫥窗。偶爾發現罕見的貨色，就一邊大喊「啊，那塊布料如何？」立刻走進店內，叫店員從櫥窗取出那塊布料，比在她身上，或者搭在她顎下讓布料自然下垂，或者把布料纏繞她身體——就算只是這樣四處瀏覽櫥窗光看不買，對我倆而言也是有趣的遊戲。

這年頭的一般日本婦女，逐漸流行把烏干紗、喬其紗、巴厘紗這些布料做出單衣，但最先看上那些布料的想必應該是我們。NAOMI 奇妙地適合那種質料。而且不能是正經八百的和服，必須做成窄袖或睡衣的款式，或者睡袍的樣子，甚至直接把布料纏裹在身上用別針固定，她就穿著那樣在家中走來走去，攬鏡自照，或者搔首弄姿拍照。穿上這些白色、玫瑰色、淺紫色，透明如薄紗的衣服後，她就像一朵怒放的花朵般美豔，我會一邊說「妳這樣試試，那樣試試」一邊抱起她、推倒她、讓她坐下或叫她走路，就這麼欣賞好幾小時。

因此，她的衣服一年就增加很多件。她自己的房間已經堆不下，於是逐漸吊掛或堆放在各種地方。其實應該去買個衣櫃，但如果有那筆錢我寧可多買幾件衣裳給她，況且以我們的喜好，也沒必要那麼慎重其事地保存那些衣服。衣服雖多但全都很廉價，而且反正很快就會穿舊，所以隨手放在看得到的地方，想穿的時候隨時可以換上更方便，更何況也能裝飾房間。於是畫室內就像劇場的服裝間，無論是椅子上、沙發上、地板角落，甚至梯子的中間、閣樓包廂的欄杆，沒有一處不是凌亂堆掛著衣服。而且這些衣服很少洗，再加上她習慣光著身子直接穿上，因此幾乎每一件都沾滿汙垢。

這些大量的衣裳多半款式奇特，因此能夠穿出門的恐怕只有一半。其中她自己非常喜歡、經常穿出去的，是緞織夾衣和成套的外褂。雖說是緞子卻是棉緞，外褂及和服都是通身素面的葡萄紫，連草鞋的鞋帶和外褂的繩扣都是葡萄紫，其他所有配件，無論是假領、腰帶、腰帶扣、襯衣的襯裡、袖口、滾邊，一律都是淺藍色。腰帶也是棉緞做的，內襯很薄，寬度較窄，刻意緊緊綁在高腰處，假領的布料她說想要類似緞織的，於是我買來緞帶搭配。她穿那個出門多半是晚上去看戲時，所以當她穿著那布料閃閃發亮的耀眼衣裳走在有樂劇場或帝國劇場的走廊，無人不回頭行注目禮。

「那個女的是甚麼人？」

「是女明星嗎？」

「是混血兒嗎？」

聽著旁人如此竊竊私語，我和她都很得意地故意在那些地方走來走去。

不過，連那身衣服都讓人如此嘖嘖稱奇，遑論更奇特的衣服，哪怕她再怎麼特立獨行，終究不可能穿出門。那些奇裝異服實際上只能在家裡穿，就像是將她放進各種包裝欣賞用的容器。心情大概就像把一朵嬌花輪流插進不同的花瓶欣賞吧。對我而言她既是妻子，也是舉世罕有的珍稀洋娃娃、裝飾品，所以沒甚麼好驚訝的。因此她在家幾乎沒有做過正經打扮。比方說還有根據美國電影中的男裝得來靈感，用黑色天鵝絨做的三件式西裝，想必是最昂貴、最奢侈的家居服了。她穿上那個，把頭髮捲起，戴上獵帽的模樣像貓咪一樣性感，夏天自然不用說，冬天也經常在室內開著暖爐，只穿著寬鬆的睡袍或泳裝到處嬉戲。光是她穿的拖鞋，從刺繡的中國鞋算起就不知有多少雙。而且她多半不穿襪子或足袋，總是裸足直接穿上那些鞋子。

六

當時我就是這樣討好她，縱容她為所欲為，另一方面，我也沒有放棄充分教育她、把她培養成了不起的女性，及出色的淑女這個最初的希望。如果細究此處說的「了不起」、「出色的」這種字眼的意思，其實自己也不是很確定，總之我只是基於個人極為單純的想法，腦中只有「不管去哪都不會丟人的現代化時髦婦女」這樣模糊的概念吧。既要讓她「變得了不起」，又要把她「當成洋娃娃一樣珍惜」，二者果真能夠同時兼具嗎？——如今想來很可笑，但當時我深陷在對她的愛意中早已頭暈眼花，就連這麼淺顯的道理都不懂。

「小 NAOMI，玩歸玩，還是得用功喔。如果妳變得了不起，我還會買更多更多東西給妳。」

我把這句話當成口頭禪成天掛在嘴上。

「好，我會用功的，而且一定會變得很了不起。」

每次聽到我這麼說，她必然會如此回答。而且每天晚餐後，我會教她三十分鐘左右的會話和讀本。但，那種時候她照例穿著那套天鵝絨西裝或睡袍，腳尖玩弄著拖鞋，懶洋洋窩在椅子上，即便我講得口乾舌燥，到頭來「遊戲」和「念書」還是混淆不清。

「小 NAOMI，妳這是甚麼態度！念書的時候就該端正姿勢才對！」

我這麼一說，她就會縮起肩膀，像小學生一樣膩聲撒嬌說：

「老師，對不起。」

或者說：

「河合老師，原諒人家嘛。」

只見她偷偷湊近窺視我的臉色，不時還伸指戳戳臉頰。「河合老師」也沒勇氣對這麼可愛的學生太嚴格，責罵最後變成不痛不癢的嬉鬧。

她學音樂學得怎樣我不清楚，但英文打從她十五歲起已跟隨哈里森小姐上了二年課，照理說應該已經學得很好了，讀本方面也從第一冊開始如今已進展到第二冊的一半以上，會話課本用的是《English Echo》，文法用的是神田乃武的《Intermediate Grammar》，起碼相當於中學三年級的學力。但就算我再怎麼偏愛她也不得不承認，她的程度恐怕還不如二年級學生。我覺得很不可思議，怎麼想都不該是這樣，於是某天特地去拜訪哈里森小姐，

「不，沒那回事，她相當聰明。學得很好。」

胖呼呼看起來脾氣很好的老小姐，笑咪咪地這麼說。

「是的，她是很聰明沒錯，但是相較之下我認為她的英文顯然不夠好。雖然會念，卻無法翻譯成日語或解釋文法……」

「不，這是你不對，你的想法有誤。」

老小姐還是笑咪咪，如此打斷我的話。

「日本人只注重文法和翻譯。但那是最糟的。你學習英文時，絕對不能在腦中想著文法。不可以翻譯。就用英文反覆念，那才是最好的方法。NAOMI 小姐的發音非常優美。而且也很會朗讀，所以肯定會迅速進步。」

原來如此，老小姐的說法也有道理。但我的意思並非叫 NAOMI 有組織地背下文法規則。她學了二年英文，也能讀讀本第三冊，至少對過去分詞的用法、被動語態的構成、假設語氣的應用方法等等應該實際有所認識，可是當我叫她把日文譯成英文時，她根本一竅不通。甚至比不上中學的劣等生。哪怕她口語再怎麼好，這樣終究不可能培養出真正的實力。我簡直不明白這二年來他們到底教了甚麼，學了甚麼。但老小姐對我忿忿不平的臉色不以為意，用非常安心的灑脫態度頻頻頷首，只是不斷反覆強調「她非常聰明」。

這當然只是我的想像，但我總覺得西洋人教師對日本學生有一種偏心。如果覺得偏心這個字眼不妥，或許也可說是先入為主的偏見？換言之她們看到長得像西洋人、洋氣的、可愛的少年少女，二話不說就覺得那孩子聰明。尤其是嫁不出去的老小姐，這種傾向更嚴重。哈里森小姐頻頻讚美 NAOMI 就是這個緣故，她已經滿腦子認定 NAOMI「是個聰明的孩子」。再加上她如哈里森小姐所言，唯有發音特別流暢。這是因為她的牙齒整齊又有聲樂素養，如果光聽她的聲音的確好像精通流暢優美的英文，讓我覺得自己望塵莫及。哈里森小姐八成就是被她的聲音欺騙，就像被灌了迷湯。說到她是如何偏愛 NAOMI，別提多驚人了，只要去她的房間，看到她梳妝台的鏡子周圍貼滿一大堆 NAOMI 的照片就知道。

我內心對她的意見和教學方法雖然很不滿，但同時，西洋人如此偏愛 NAOMI，誇她聰明，也正中我的下懷，我不禁高興得就像自己被誇獎一樣。不僅如此，本來我——不，不只是我，日本人大概都是這樣吧——在西洋人面前就會變得很沒出息，沒勇氣清楚陳述自己的想法，所以被哈里森小姐用她那怪腔怪調的日語理直氣壯地這麼教訓一頓後，我本來該說的話都說不出來了。沒關係，對方既然那樣說，我也有我的對策，不足之處我在家替她補上就好了。我暗自這麼決定，一邊嘴上說著「是啊，的確如此，正如妳所說。這下子我也明白了，可以安心了」堆出曖昧虛偽的假笑，就這樣一頭霧水地回來了。

「讓治先生，哈里森老師怎麼說？」

那晚NAOMI問，她的語氣聽起來就像仗著老小姐的寵愛，已經料到結果了。

「她說妳學得很好，但西洋人不懂日本學生的心理。若以為只要發音正確可以流暢朗讀就好，那是大錯特錯。妳的記性的確很好，所以擅長背誦，但是叫妳翻譯時，妳不是甚麼也不懂嗎？那樣子和鸚鵡沒兩樣。就算再怎麼學習也毫無用處。」

這是我第一次真的對她出言斥責。不只是因為她仗著有哈里森小姐撐腰，得意地皺起鼻子炫耀「看到我的厲害沒有」的模樣讓我惱怒，首先我就很懷疑，她這樣到底能不能成為「了不起的女人」。就算撇開英文這個問題姑且不談，以她無法理解文法規則的腦袋，今後恐怕前途堪慮。男孩子之所以要在中學學幾何和代數，不見得是為了實用，磨練頭腦讓思考更縝密想必才是目的。女孩子也一樣，過去的確不需要有清晰縝密的頭腦也沒關係。但今後的婦女不同。更何況是要成為「不比西洋人遜色的」、「了不起」的女人，如果沒有組織能力與分析能力，著實令人憂心。

我多少也有點賭氣，之前只給她上課三十分鐘左右，從此每天必然還會接著講授一小時甚至一個半小時的日文英譯及英文文法。而且期間絕不容許她抱著任何嬉戲的心態，總是嚴厲斥責她。她最欠缺的就是理解力，因此我故意不告訴她細節，只給她一點提示，剩下的就引導她自己發揮。比方說學習文法的被動語態時，我就立刻叫她做應用題：

「來，妳把這句譯成英文試試。」我說。

「只要剛才看的地方搞懂了，這句妳應該不可能不會翻。」

我說完，就耐心地默默等她作答。就算她的答案錯了，我也絕對不會告訴她錯在哪裡，我只會一再打回票：

「妳怎麼回事啊，這裡根本沒搞懂嘛，妳再把文法重新看一遍。」

如果這樣她還是不會，

「小 NAOMI，這麼簡單的題目妳都不會怎麼得了。妳到底幾歲了……同一個地方都糾正八百次了妳還不懂，妳腦袋是擺在脖子上當裝飾品嗎？哈里森小姐還說妳聰明，我可一點都不信。如果連這種題目都不會，那妳就算去學校也是劣等生。」

我也忍不住過度激動扯高了嗓門。於是她就會氣得鼓起臉，最後往往開始啜泣。

平時我倆的感情真的很好，她笑我也笑，從來沒有吵過架，彷彿世上再沒有比我們更恩愛的男女——可是一到英文課的時間彼此總是讓對方心情沉重得幾乎窒息。我沒有一天不生氣，她也沒有一天不鼓起臉，明明前一刻還那麼開心，雙方突然就劍拔弩張，幾乎是用含著敵意的眼神互相瞪視。

——實際上，到了那時，我早已忘記當初想把她培養成淑女的動機，只覺得被她的沒出息氣得跳腳，漸漸打從心底厭煩她。對方若是男的，我說不定會給他一拳發洩怒氣。就算不能揍人，我也常氣得大罵「笨蛋」。有一次甚至握拳敲她額頭。然而，被我這樣怒罵反而讓她更彆扭，就算知道答案也堅決不肯回答，只是抿著滑落臉頰的眼淚始終沉默如頑石。她一旦這樣鬧彆扭就倔強得嚇人，簡直讓人束手無策，所以最後還是我認輸，就此不了了之。

有一次還發生過這樣的事。doing 或 going 這種現在分詞前面必然得加上 to be 這個動詞，可是我教了她好幾遍她還是不懂。到現在還是照樣犯 I going 或 He making 這種錯誤，我火大了，不禁一邊連聲罵她笨蛋一邊口乾舌燥地詳細說明，最後我讓她答出 going 在過去式、未來式、未來完成式、過去完成式這些句型中的變化，結果她果然還是不懂到令人傻眼的地步。照樣寫成 He will going 和 I had going。我不禁勃然大怒，

「笨蛋！妳怎麼這麼笨啊！我都講了幾百遍不能用 will going 或 have going 這樣的說法了，妳怎麼還是聽不懂！既然不懂就練習到懂為止！今晚就算耗上一整夜也沒關係，沒學會之前妳別想休息！」

我罵完狠狠把鉛筆一拍，將本子推回她面前，她緊抿著唇，臉色鐵青，翻起白眼凌厲瞪視我的眉心半晌。緊接著她不知是怎麼想的，猛然抓起本子撕得粉碎，狠狠摔到地上後，尖銳的眼神再次瞪著我好像恨不得在我臉上瞪出窟窿。

「妳幹甚麼！」

一瞬間，我被她那猛獸似的氣勢壓倒目瞪口呆，過了半晌才說。

「妳想反抗我嗎？妳不想好好學習了嗎？說好要拼命用功成為淑女，難道那都不算話了嗎！妳把本子撕破是甚麼意思？快，給我道歉，不道歉我就不饒妳！那妳現在就給我滾出去！」

但她依然倔強地保持沉默，蒼白的臉上，只有嘴角浮現哭泣似的淺笑。

「好！妳不道歉沒關係，現在就給我滾出去！快，我叫妳滾出去妳沒聽見嗎！」

我以為如果不這樣狠一點根本無法嚇唬她，於是猛然站起，把她脫下來隨手扔在旁邊的衣服抓起兩、三件，迅速揉成一團打成包袱，又從二樓房間取來錢包抽出二張十圓鈔票塞給她說：

「哪，NAOMI，這個包袱裝了妳的隨身物品，妳拿著包袱今晚就回淺草去吧。這裡還有二十圓。雖然錢不多，妳就暫時留著零花吧。改天再好好做個了結，行李我明天就送去給妳。——小NAOMI，妳怎麼了，幹嘛不說話……」

被我這麼一說，她雖倔強畢竟還是個孩子。似乎有點被我大發雷霆的樣子嚇壞，事到如今才後悔地垂首不語，身子縮成一團。

「妳固然相當倔強，可我一旦這麼說出口，也不可能讓妳這樣下去。如果妳覺得自己有錯就乖乖道歉，不想道歉的話就出去……好了，妳要選哪個，還是趕緊決定吧。要道歉嗎？還是要回淺草？」

結果她拼命搖頭拒絕。

「妳不想回去嗎？」

她像是同意這句話，這次朝我點頭。

「那妳是要道歉嗎？」

「嗯。」她再次點頭。

「那我就原諒妳，妳最好老老實實鞠躬道歉。」

於是，她無奈地雙手在桌上併攏——但她的態度還是有點瞧不起人，看起來很敷衍，把臉撇向一旁草草鞠躬。

這種傲慢又任性的脾氣不知是她本來就有的，還是被我寵壞的結果，總之不管怎樣隨著時間流逝顯然越來越變本加厲。不，或許不是變本加厲，在她十五、六歲時還能把那種脾氣當成孩子氣的可愛睜一隻眼閉一隻眼，可是等她長大了仍不改這種脾氣就逐漸讓我束手無策了。以前就算她怎麼使性子，只要我兇她兩句她就會乖乖聽話，但最近她只要稍有不如意，立刻氣焰囂張地回嗆我。而且如果哭哭啼啼還算可愛，但有時哪怕我厲聲斥責她也不掉一滴眼淚，只是氣人地恍神，再不然就是翻白眼，彷彿要狙擊目標似的尖銳直視著我——我每每感到，如果真有所謂的動物電波，她的眼中肯定含有大量的那玩意。因為她的眼神強悍犀利得不像女人，而且還散發出一種深不可測的魅力，所以每次被她這樣狠狠一瞪，我都會毛骨悚然。

七

當時，失望和愛慕這二種矛盾的情緒在我心中不停鬥爭。我懷疑自己做了錯誤的抉擇，她根本不是值得我那樣期待的聰穎女孩——這個事實就算我再怎麼偏愛她也已無從否認，期望她日後成為窈窕淑女的夢想，如今我已醒悟全是一場夢。出身不好的人果然無藥可救，千束町長大的女孩只配去咖啡廳當陪酒的女服務生，毫無自知之明地受教育也沒用——我深感心灰意冷。然，我一方面雖已死心，另一方面卻越發強烈地被她的肉體吸引。是的，我特別強調「肉體」，因為那包括她的皮膚、牙齒、嘴唇、頭髮、眼眸乃至其他一切姿態之美，卻完全沒有任何精神上的因素。換言之她在頭腦方面辜負了我的期待，卻在肉體方面越來越趨近我的理想，不，甚至超乎我的理想，出落得更加美麗。我越覺得她是「笨女人」、「無藥可救的蠢貨」，就越諷刺地被她的美麗誘惑。這對我而言實在很不幸。我逐漸忘記當初想「栽培」她的單純用意，反倒被她拖入泥沼，當我察覺不能再這樣下去時，早已不可自拔。

「世事不可能盡如人意。我想讓她在精神和肉體兩方面都變美。雖然精神方面失敗了，但肉體方面不是很成功嗎？連我自己都沒想到她在這方面會變得如此美麗。看來那個成功彌補其他的失敗綽綽有餘。」

——我勉強這麼想，盡量讓自己樂觀地為此滿足。

「讓治先生最近上英文課時，很少再笨蛋長笨蛋短地罵我了耶。」

NAOMI 很快就發現我的內心變化，如此說道。她雖然念書成績欠佳，在窺看我的臉色方面卻意外敏銳。

「嗯，我發現罵得太兇反而會讓妳賭氣，收到反效果，所以我決定改變方針了。」

「哼。」

她嗤鼻一笑，

「本來就是嘛，被你那樣沒頭沒腦一直罵笨蛋，誰要聽你說的話啊。其實，大致上的問題我都能理解，我只是想故意讓你傷腦筋，所以才假裝不懂，你看不出來嗎？」

「噢？真的假的？」

我明知她說這番話只是虛張聲勢地嘴硬，卻故作驚訝。

「當然是真的，那麼簡單的問題誰不會啊。你居然真的以為我不會，你才是大笨蛋呢。每次看你生氣，我都覺得可笑得要命。」

「真受不了妳，妳可把我騙倒了。」

「怎樣？還是我比較聰明吧？」

「嗯，妳聰明，我甘拜下風。」

於是她就得意洋洋捧腹大笑。

各位讀者，在此我要突然講個奇怪的話題，還請各位不要笑，先聽我敘述。以前我念中學時，歷史課曾上到安東尼和埃及豔后克麗奧佩脫拉這段故事。各位想必也知道，安東尼迎戰屋大維的軍隊，在尼羅河上展開船戰，這時，跟著安東尼一起來的克麗奧佩脫拉發現我方情勢不妙，當下命船隻掉頭自行逃走。安東尼看到這無情的女王船隻拋棄自己離去，雖在危急存亡的當頭，照樣撇下戰爭，逕自去追那個女人。

「各位，」歷史老師當時對我們說：

「這個安東尼追在女人屁股後頭到處跑，最後丟了性命，在歷史上無人比他更愚蠢，簡直是古今中外的笑柄。哎呀呀英雄豪傑也落到這種地步……」

他的說法很逗趣，因此學生們望著老師的臉頓時哄堂大笑。而我，自然也是大笑者之一。

但，重點就在這裡。當時我百思不解安東尼這樣的人物怎麼會迷戀那麼無情的女人。不，不只是安東尼，在他之前還有尤利烏斯·凱撒這樣的大英雄，同樣被克麗奧佩脫拉勾引落得名聲大跌。這種例子還有很多。如果探究德川時代的家宅內鬥，或一國治亂興衰的軌跡，必然會發現背後有妖婦作祟。那麼，是妖婦的手段太陰險巧妙，讓人一旦上鉤就被騙得暈頭轉向嗎？好像也不是。克麗奧佩脫拉就算是再怎麼冰雪聰明的女子，也不可能比凱撒和安東尼更有智慧。即使不是英雄，一般人只要用點心起碼應該也能看出一個女人有無真心，說話是真是假。結果卻明知自己會身敗名裂還是照樣受騙，簡直太沒出息了。如果事實真是那樣，所謂的英雄豪傑或許根本沒那麼了不起。我暗自這麼想，就此認同老師把安東尼稱為「古今中外最大的笑柄」、「歷史上沒人比他更愚蠢」這樣的評語。如今我仍會想起當時老師說的話，想起自己和全班同學一起哈哈大笑的模樣。而且每次想起，我都深深感到今天我已沒資格嘲笑他人。因為事到如今，我對羅馬的英雄為何會變成笨蛋，安東尼這樣的人物為何會輕易受妖婦欺騙，不只能夠欣然理解，甚至還忍不住深表同情。

世人經常說「女人騙男人」。但就我個人的經驗，這絕非一開始就是「欺騙」。起初都是男人主動樂於「被騙」。一旦有了喜歡的女人，她講的話不管是真是假，在男人聽來通通都可愛。偶爾她流著虛偽的眼淚一靠過來，男人就會寬容大度地想，

「我懂了，這女人想用這招騙我啊。但妳這丫頭可笑又可愛，我已經猜透妳打

的主意了，既然如此就讓妳騙一下好了，妳儘管來騙我吧……」

說穿了就像哄小孩開心的心態，故意上女人的當。所以男人不認為被女人欺騙。反而在心中暗笑，以為是自己欺騙了女人。

我和 NAOMI 的關係就是最好的證據。

「我比讓治先生聰明多了。」

她說著，自以為成功欺騙了我。我也故意裝傻，假裝被欺騙。對我來說比起她膚淺的謊言，讓她得意洋洋，並且看著她開心的模樣，毋寧更讓我開心數百倍。不僅如此，我甚至有藉口讓自己的良心滿足。因為即使她不聰明，讓她擁有自以為聰明的自信也不錯。日本女人最大的缺點就是沒自信。所以和西洋女人比起來總顯得垂頭喪氣。若論怎樣才夠格稱為現代美女，比起臉蛋，才氣煥發的表情和態度更要緊。好吧，就算不是自信，單只是自戀也行，認定「自己很聰明」、「自己是美女」，最後會讓那個女人真的成為美女——我是這麼想的，所以不僅不排斥 NAOMI 自作聰明的毛病，甚至還反過來大力煽動。我總是爽快地任她欺騙，刻意讓她的自信心越來越強。

舉例而言，當時我經常和她玩軍棋和撲克牌，如果認真玩我肯定會贏，可我盡量讓她贏，於是她漸漸自以為「比輸贏的話，自己遠遠更厲害」，甚至還用瞧不起我的態度主動挑戰：

「來吧，讓治先生，看我怎麼贏你，放馬過來吧。」

「哼，那就來一場復仇戰吧。——小意思，我如果認真起來絕對不會輸給妳，只是看妳是小朋友，所以才掉以輕心——」

「好啊，等你贏了再來說大話吧。」

「好，來就來！這次我一定會贏妳！」

雖說如此，我還是故意自曝弱點輸給她。

「怎樣？讓治先生，輸給小朋友懊不懊惱呀？——已經沒用囉，不管你怎麼說都不是我的對手。唉，這怎麼得了，三十一歲的大男人居然在這上頭輸給十八歲的小朋友，讓治先生根本不懂得怎麼玩嘛。」

然後她還說「頭腦果然比年紀更重要」或者「你自己才是笨蛋，一定很懊惱吧」，越發得寸進尺，最後照例皺起鼻頭囂張地嘲笑我。

但，可怕的是接下來的結果。起初我是為了討好她才故意這麼做，至少我自己是這麼認為。可是隨著那漸漸成為習慣，她真的產生強烈的自信，於是這次即便我拿出幾分真本領較量，最後還是贏不了她。

人與人的勝負不是只靠理智決定，其中還有「氣勢」左右。換個說法也就是動物電波。博弈的場合尤其如此，她和我對決時，打從開始就氣勢凌人，雷霆萬鈞地展開攻勢，所以我逐步被壓倒，終至落後。

「就這樣玩太無趣了，不如下點賭注吧？」

最後她食髓知味，不賭錢就不肯跟我玩。結果我越賭就輸越多。她明明一毛錢也沒有，卻自行用十錢或二十錢為單位決定賭盤，藉此賺到不少零花錢。

「唉，如果有三十圓就可以買那件衣服了……不如再來賭撲克牌賺錢吧？」

她會這樣說著來挑戰。偶爾她也會輸，但這種時候她還有別的手段，如果她非要那筆錢不可，那她不惜任何手段都要贏。

她為了隨時能用上那個「手段」，和我玩牌時大多穿著類似寬鬆睡袍的衣服，而且故意衣衫不整地套在身上。一看形勢對她不利就放蕩地歪著身子，敞開領口，伸出玉腿，如果還不行就靠上我的膝蓋，撫摸我的臉頰，拽我的嘴角搖晃，使盡各種誘惑。其實我對這招完全招架不住。尤其當她使出殺手鐧——此處不便寫明——我的腦中已一片空白，眼前忽然發黑，完全記不清甚麼牌局輸贏了。

「妳太奸詐了，小NAOMI，用那種手段……」

「我一點也不奸詐，這也是一種策略。」

我的腦袋發暈，一切事物好像都在眼中變得朦朧，隱約只看見她伴隨聲音滿面嫵媚的臉孔。唯有她那默默浮現奇妙淺笑的臉孔……

「太奸詐了，太奸詐了，玩牌哪有用這招的……」

「哼，誰說沒有，女人要和男人較量，本就會用上各種魔法。我在別處就見過喔。小時候，我姊姊在家裡讓男客人給她打白條送纏頭時，我在旁邊看，她就用了各種魔法喔。打撲克牌不也和送纏頭一樣嗎……」

我在想，安東尼之所以被克麗奧佩脫拉征服，肯定也是這樣逐漸失去抵抗力，終於被對方玩弄於掌心吧。讓心愛的女人產生自信是好事，可是結果卻讓我自己幾乎喪失自信。到此地步已無法輕易戰勝女人的優越感了。而且意外的災難也會由此產生。

八

就在她十八歲那年秋天，天氣依然炎熱的九月初旬某個傍晚。那天我公司很清閒因此提早一小時下班，回到大森的家，意外在進門的院子裡，看到一名陌生少年和 NAOMI 說話。

少年的年紀和她差不多，就算比她大，恐怕也不超過十九歲。穿著白底藍點的單衣，頭戴小痞子喜歡的那種綴有花哨緞帶的草帽，一邊拿手杖敲打自己的木屐前端一邊講話，臉龐暗紅，眉毛濃密，五官生得不錯，可惜滿臉青春痘。NAOMI 蹲在那人的腳下被花壇擋住了，所以我看不清她在做甚麼。只能從盛開的百日菊、草夾竹桃及美人蕉之間隱約窺見她的側臉和頭髮。

那男的發現我後，摘下帽子行禮，

「那我走了。」他一邊轉身對 NAOMI 這麼說，一邊大步朝門口走來。

「再見。」NAOMI說著也站起來。

「再見。」男人保持倒退的姿勢撂下這麼一句，經過我面前時稍微把手搭在帽沿，像要遮住臉似的就這麼走了。

「那男的是誰？」

與其說是嫉妒，我毋寧是抱著「剛才那場面真奇妙」的輕微好奇心打聽。

「他？他是我朋友啊，叫做濱田……」

「甚麼時候交的朋友？」

「已經很久囉——他也去伊皿子學聲樂。雖然臉上長滿青春痘很醜，但他唱歌真的很好聽喔，是很棒的男中音。上次的音樂會也和我一起表演四重唱。」

我沒問她就多此一舉地講人家臉長得醜，因此我忽然起了疑心，窺視她的眼中，但她的舉止鎮定，看起來和平日毫無不同。

「他經常來找妳玩嗎？」

「沒有，今天是第一次，他說經過附近所以順便過來。——他是來告訴我，他要成立社交舞俱樂部，請我務必加入。」

我的確有點不愉快，但仔細一聽之下，她說那個少年只是來談那件事的說法似乎並非騙我的。先不說別的，他和 NAOMI 在我快回來的時間待在院子交談，就已足夠掃除我的疑心了。

「那妳答應他要去跳舞嗎？」

「我說會考慮看看……」

這時，她忽然撒嬌地膩聲說：

「哪，我不能去嗎？好啦！讓我去啦！讓治先生也加入俱樂部一起學跳舞不就好了。」

「我也能加入俱樂部？」

「對呀，任何人都可以加入。是伊皿子的杉崎老師認識的俄國人來教授。聽說那人是從西伯利亞流亡而來，經濟拮据，為了幫助她才成立俱樂部。所以學生越多越好喔。——哪，讓我去上課吧！」

「妳去沒問題，可我學得會嗎？」

「沒問題，你一定立刻就能學會。」

「可是我毫無音樂素養。」

「音樂那種東西，聽久了自然就懂了……讓治先生也要去學啦。否則我一個人就算學會了也不能去跳舞。好啦，到時候我倆不就可以經常去跳舞了。每天在家玩多無聊啊。」

——其實我也已隱約發現，她最近似乎對目前的生活感到有點悶。仔細想想，自從我們在大森築巢，算來已有四年。這段期間，我們除了暑假以外都窩在這個「童話屋」，和廣闊的世間斷絕來往，總是只有我倆大眼瞪小眼，所以就算嘗試了各種「遊戲」，到頭來難免還是會無聊。更何況她的個性是極端的三分鐘熱度，不管哪種遊戲，起初會瘋狂迷戀，但絕對無法持續太久。可是如果不做點甚麼，她連一個小時都待不住，撲克牌也不要，軍棋也不要，模仿電影明星也不要，如此一來，只好去打理已拋下一段時間沒理會的花壇，努力掘土、播種、澆水，但那也只不過是暫時打發時間。

「唉——好無聊，難道都沒有甚麼好玩的事嗎？」

看到她疲懶地躺在沙發上拋開沒看完的小說，打了一個大呵欠，我也私下耿耿於懷，思忖有甚麼方法可以改善二人如此單調的生活。恰好就在這時候聽她說起此事，我心想，的確，去學跳舞或許也不錯。她已不是三年前的她。和當初去鎌倉時已大不同，如果讓她盛裝打扮踏入社交界，想必在眾多婦女面前也不會遜色。——那個想像讓我感到難以言喻的驕傲。

前面也提過，我從學生時代就沒有特別親近的朋友，過去我盡可能迴避無謂的人際來往，但我絕不討厭踏入社交界。我是鄉下人，不擅應酬，與人應對時連自己都覺得很笨拙，所以雖然變得內向膽怯，卻也因此反而更憧憬華麗熱鬧的社交界。本來我娶 NAOMI 為妻就是想把她塑造成美麗的貴夫人，每天帶著她四處走動，讓世間眾人大吃一驚。我希望在社交場合被讚美「你的妻子美麗又時髦」。因為有這樣的野心大力影響，所以我並不打算永遠把她關在「金絲雀的籠子」裡。

據她表示，那位俄國舞蹈老師叫做亞麗珊卓拉．修雷慕斯卡雅，是某伯爵的夫人。她的丈夫在革命中下落不明，聽說還有二個孩子，目前也同樣不知去向，只有她自己一人流落日本，生活非常拮据，所以這次才會開始教授舞蹈。NAOMI 的音樂老師杉崎春枝女士特地為伯爵夫人組織俱樂部，並且由那個姓濱田的慶應義塾的學生擔任主辦人。

舞蹈教室位於三田的聖坂，吉村這家西洋樂器行的二樓，伯爵夫人每週一和週五會到場授課。會員在下午四點至七點挑選自己方便的時間過去，每次上課一小時，學費是一人每月二十圓，而且規定月初必須先付清。我倆如果都去的話等於每月要花四十圓，就算對方是西洋人，我認為這個金額也貴得離譜了，但 NAOMI 說，西洋舞蹈就和日本舞一樣，本就是奢侈的東西，所以收費如此高昂是理所當然。況且就算不勤加練習，靈巧的人只需一個月，笨拙的人也頂多三個月就能學會，即便收費昂貴也耗費有限。

「更何況，如果不幫助那個修雷慕斯卡雅夫人，她太可憐了。以前貴為伯爵夫人如今卻如此落魄潦倒，真的太悲慘了。我聽濱田先生說，她的舞跳得非常好，不只是社交舞，如果有人想學，她也可以傳授舞台表演用的舞蹈。藝人的舞蹈太低俗了不能學，還是像她那種人傳授的最好。」

雖然尚未見過那位夫人，她已頻頻替夫人說好話，講得頭頭是道好像自己精通舞蹈似的。

於是，我和 NAOMI 姑且決定加入，每週一和週五，她上完音樂課，我從公司下班後，立刻在下午六點前趕往聖坂的樂器行。第一次上課那天我倆相約五點在田町車站會合後一起去，那家樂器行位於坡道上，門面狹小。進去一看，狹仄的店內堆滿鋼琴、風琴、留聲機等各種樂器，二樓似乎已開始跳舞，只聽見鬧哄哄的腳步聲和留聲機的聲音。就在樓梯口聚集了五、六名看似慶應的學生，毫不客氣地打量我倆，讓我覺得不太愉快，這時突然有人語氣親密地大喊「NAOMI 小姐！」定睛一看，那群學生中的一人，腋下夾著一把——那該稱為曼陀林嗎？總之是外形扁平似日本月琴的樂器，正在一邊調音一邊叮叮咚咚撥動金屬琴弦。

「你好！」

NAOMI 也用毫不女性化的學生口吻回應，

「小政你怎麼站在這裡？你不跳舞？」

「我才不去咧。」

那個被她稱為小政的男人，嘻嘻笑著把曼陀林放到架子上說，

「那種課程我可敬謝不敏。先不說別的，一個月就要二十圓學費，貴得嚇死

人。」

「可是剛開始學也沒辦法呀。」

「沒事，反正大家早晚都會學會，到時候我再跟那些傢伙學就好了。舞蹈這種東西這樣學就夠了。怎麼樣，還是我聰明吧？」

「小政你太奸詐了！簡直聰明過頭！——對了，『濱先生』在二樓嗎？」

「嗯，他在，妳自己上去看。」

這家樂器行似乎是這附近學生的「大本營」，NAOMI 好像也常來，店員全都跟她很熟。

「小 NAOMI，剛才樓下那些學生是幹嘛的？」

我一邊跟隨她上樓一邊問。

「他們是慶應大學曼陀林社團的人，講話雖然不客氣，其實不是甚麼壞人喔。」

「他們全都是妳的朋友？」

「也算不上朋友，只是我有時來這裡買東西會遇到他們，所以就認識了。」

「來學跳舞的，主要都是那種人嗎？」

「我也不清楚——應該不是吧，比起學生，還是年長的人比較多吧？——現在上去看看就知道了。」

上了二樓，走廊盡頭就是舞蹈教室，五、六個邊喊「一、二、三！」邊跺腳打拍子的人影立刻映入我的眼簾。兩間日本和室打通，鋪上木頭地板好讓人穿鞋就能進入，大概是為了便於滑行，只見那個濱田正在到處跑來跑去，在地板撒上某種細粉。當時還是晝長夜短的夏日，所以夕陽正從拉門整個敞開的西側窗口燦爛灑落。背部籠罩在那微紅的暮光中，穿著白色喬其紗上衣及深藍色嗶嘰裙，站在兩個房間之間門檻處的，無庸贅言，正是修雷慕斯卡雅夫人。以她育有二個孩子而言，實際年齡應有三十五、六歲吧？但她外表看起來頂多三十上下，的確具有貴族與生俱來的威嚴，臉龐緊繃——之所以看似威嚴，或許也是因為她的面色蒼白得幾乎令人有點悚然，但是看到她凜然的神情，瀟灑的服裝，以及胸前及手指上閃耀的珠寶，實在不像生活窮困的人。

夫人一手持鞭，似乎脾氣很壞地皺著眉，瞪視眾人正在練習的雙腳，用沉靜卻命令的態度反覆喊出「one、two、three」——她講的是俄式英語所以 three 的發音聽起來是 tree。學生們跟隨她的口令，列隊踩著生疏的舞步來來去去，看起來就像女士官長訓練士兵，讓我想起以前在淺草的「金龍館」看過的電影《女軍出征》。練習生之中有三人一看就不像學生，是穿西裝的年輕男人，另外二人大概是女校剛畢業的千金小姐，裝扮簡樸，穿著日式裙褲和男人一起拼命練習，一看就是非常認真的小姐，讓人無法產生反感。只要其中有一人舞步錯了，夫人就會立刻厲聲斥責「No!」走到那人旁邊示範。如果對方悟性太差一再出錯，她就會一邊高喊「No good!」一邊拿教鞭打地板，或是不分男女毫不客氣地打那人的腿。

「她上課可真熱心，就該那樣才對嘛。」

「是啊，修雷慕斯卡雅老師真的很熱心。日本老師絕對做不到那種地步，可是西方人即便是婦女，在這方面也很有原則，看了讓人真的很服氣。而且就算連續上一、兩小時的課也完全不休息，一直在練習，所以這麼熱的天氣不是普通辛苦，我說要買冰淇淋來，可她說上課期間甚麼都不需要，堅決不肯接受。」

「哎喲，虧她這樣都不會累垮。」

「西洋人的身體好，和我們不一樣。——不過仔細想想她也怪可憐的，本來是伯爵夫人，過著不愁吃穿的富裕生活，卻因為革命被迫做這種事——」

二個婦人坐在教室隔壁當休息室使用的沙發上，一邊旁觀教室上課一邊極為佩服地如此交談。其中一人年約二十五、六歲，薄唇闊嘴，圓臉凸眼彷彿中國金魚，頭髮沒有分線，從額頭到頭頂就像刺蝟的臀部逐漸高聳膨脹，髮髻插了一隻非常大的白鱉甲髮簪，埃及花紋的鹽瀨[7]圓腰帶搭配翡翠腰帶扣，剛才對夫人的處境萬分同情頻頻讚美的就是這個女人。跟著附和的另一個女人，擦得很厚的脂粉因為流汗已經斑駁脫落，處處露出帶有細小皺紋的粗糙皮膚，可見恐怕已年近四十。不知是特意染的還是天生的紅髮綁成一束蓬鬆捲曲，身材瘦削細長，裝扮雖華麗，五官看起來卻有點像護士出身的女人。

也有人圍繞這二個女人拘謹地等待輪到自己，其中也有些人似乎已經練習過，手挽著手逕自在教室角落旋轉舞動。主辦人濱田不知是身為夫人的代理還是以代言

7 鹽瀨，一種絹織厚布，鹽瀨腰帶是手繪友禪最代表性的腰帶。

人自居，一下子陪那些人跳舞，一下子更換留聲機的唱片，一個人忙得團團轉。撇開女人不談，來學跳舞的男人到底是甚麼樣的人？我定睛一看，不可思議的是，衣著光鮮的頂多只有濱田，其他人看起來大抵都是月薪低廉，穿著粗糙的深藍色三件頭西裝看起來不怎麼靈光。不過年紀似乎都比我小，只有一個紳士看起來有三十歲。此人身穿黑色禮服，戴著厚重的金框眼鏡，留著長得異樣的落伍八字鬍，似乎悟性最差，一再被夫人喝斥「No good」或挨鞭子。每次他都露出愚蠢的淺笑，然後又重新開始「一、二、三」。

那種男人，年紀都老大不小了到底抱著甚麼心態來學跳舞？不，仔細想想自己不也和那男人半斤八兩嗎？一想到本就沒有出席過甚麼社交場合的我，當著這些女人的面被那個西洋人喝斥的瞬間，雖說是陪 NAOMI 來的，我還是不禁看著看著就開始冒冷汗，深怕輪到自己上場。

「嗨，歡迎。」

這時濱田連跳二、三首舞後，拿手帕擦拭長滿青春痘的額頭汗水，一邊來到我們身旁。

「啊，上次不好意思。」

他今天略顯得意，鄭重向我打招呼後，轉向 NAOMI 說，

「這麼熱的天氣虧妳還肯來——欸，不好意思，如果有扇子能否借給我？畢竟當助手可不是甚麼輕鬆的差事。」

NAOMI 從腰帶之間取出扇子遞給他，

「不過濱先生跳得很好，的確夠格當助手。你甚麼時候開始學的？」

「我嗎？我已經學半年了。不過妳很靈巧，鐵定一下子就學會了，跳舞是男人負責主導，女人只要跟著男人讓男人帶就行了。」

「請問，來這裡上課的男士多半是甚麼樣的人？」

我這麼一問，

「噢，您說這裡嗎？」

濱田改用敬語回答：

「這裡的人多半是東洋石油股份有限公司的職員。杉崎老師的親戚是公司的高級主管，所以聽說是那個人介紹的。」

東洋石油的職員和社交舞！——我心想這個組合可真奇妙，同時又問：

「那怎麼著，那邊那位留鬍子的紳士，果然也是職員嗎？」

「不，他不是，他是doctor。」

「doctor?」

「對，是擔任該公司健康顧問的醫生。據說跳舞是對身體最有益的運動，所以那位先生毋寧是為此才來上課的。」

「噢？濱先生。」

這時NAOMI插嘴。

「跳舞也算是運動？」

「算，當然算。只要跳跳舞，冬天也會滿身大汗，襯衫都會濕透，所以的確可以算是不錯的運動。況且修雷慕斯卡雅夫人如妳所見，練習特別猛烈。」

「那位夫人會日語嗎？」

我之所以這麼問，是其實打從剛才就很擔心這個問題。

「不，她幾乎對日語一竅不通，通常都是用英語溝通。」

「英語就麻煩了……若是會話方面，我很不擅長……」

「沒事，大家都一樣。修雷慕斯卡雅夫人講的也是一口破英語，甚至比我們還糟糕，所以完全不用擔心。況且這是跳舞課，根本不需要講話。只要會 one、two、three，其他的靠比手畫腳就能理解……」

「咦，NAOMI 小姐，妳幾時來的？」

這時對她發話的，正是那個插著白鱉甲髮簪，貌似中國金魚的婦人。

「啊，老師——欸，是杉崎老師。」

NAOMI 說著，拉起我的手，把我拽去那個女人坐的沙發那邊。

「呃，老師，我來介紹一下——這是河合讓治——」

「啊，噢——」

杉崎女士見她滿臉通紅，似乎不等她把話講完就已領悟她的意思，站起來行禮說：

「——您好，敝姓杉崎。歡迎您來。——NAOMI 小姐，快拿張椅子來給這位先生。」

然後再次轉向我，

「來，您請坐。雖然馬上就輪到了，但您這樣站著等會累的。」

「……」

我已記不清當時是怎麼寒暄的了，八成只是把話含在嘴裡含糊虛應幾句吧。這種端著架子開口閉口就是「敝人」的婦女，我最招架不住。不僅如此，我一時迷糊竟問了她對我與 NAOMI 的關係是怎麼理解的，NAOMI 又向她透露了多少，所以這下子更加忐忑不安。

「我來介紹一下吧。」

杉崎女士對我的唯唯諾諾毫不在意，指著那個捲髮女人說，

「這位是橫濱的詹姆斯・布朗先生的夫人。這位是任職於大井町那家電子公司的河合讓治先生——」

原來如此，所以這個女人是外國人的妻子嗎，被她這麼一說，的確，說是護士毋寧更像洋人的小老婆，我當下更加僵硬，只知拼命鞠躬。

「先生，不好意思，請問您來學舞蹈是 first time 嗎？」

那個捲髮女人當下拽著我如此說道，但她說「first time」的發音非常矯揉造作，又講得很快，所以我當下傻眼地「啊？」了一聲支支吾吾，

「對，他是第一次來。」

杉崎女士從旁替我接話。

「哎喲，是這樣子嗎，不過，該怎麼說，gentleman 當然比 lady more more more difficult，不過只要開始學，很快就會有成果喔……」

她說的「摩摩」我又聽不懂了，不過仔細一聽，原來是 more more 的意思。她把「gentleman」說成「gen-le-man」，「little」說成「li-lle」，一直用這種發音方式在對話中插入英文。而且連日文也有一種奇怪的腔調，每三句話就有一句「該怎麼說」，就像油紙著火一發不可收拾地喋喋不休。

之後話題再次回到修雷慕斯卡雅夫人，然後是舞蹈的話題、語言的話題、音樂的話題……貝多芬的奏鳴曲如何如何，《第三號交響曲》又怎樣，某某公司的唱片比某某公司的唱片更好或更壞，我已經完全啞然，於是這次她又開始對杉崎女士滔滔不絕，從她的話語之間我推斷出，這位布朗夫人應該是在跟杉崎女士學鋼琴。而

我在這種場合始終學不會機靈地伺機說聲「恕我失陪一下」脫身走人，因此只能夾在這二個饒舌的婦人之間暗嘆倒楣，毫無選擇地被迫洗耳恭聽。之後，包括鬍子醫生在內的石油公司一行人上完課，杉崎女士把我和 NAOMI 帶到修雷慕斯卡雅夫人面前，用極為流暢的英語先介紹 NAOMI，再介紹我——這八成是遵循西洋那套女士優先的規矩吧。當時杉崎女士稱呼 NAOMI 為「密斯．河合」。我暗自好奇地等著看 NAOMI 會用甚麼態度面對西洋人，但平時極度自戀的她，到了夫人面前似乎也有點倉皇失措，夫人說了一、兩句話，威嚴的雙眼含笑主動伸出手，NAOMI 當下面紅耳赤，不發一語地怯生生與夫人握手。輪到我時就更不用說了，坦白講，我甚至無法仰望那宛如蒼白雕刻的輪廓。我只是默默低著頭，悄然回握夫人那隻閃爍無數碎鑽光芒的玉手。

九

雖然我自己是個粗人，卻喜歡時髦的洋玩意，事事模仿西洋潮流，這點讀者想必已知道。若我有足夠的錢隨意揮霍，我或許會去西方生活，甚至娶個洋老婆。但我的處境不容我那麼做，因此才選擇了在日本人當中好歹長相比較像西洋人的NAOMI。再則，即使我有錢，對於我的男性魅力也毫無自信。畢竟我是個身高不足一米六的矮子，膚色黝黑，齒列不整，若要娶個高大的洋妞，未免太自不量力。日本人還是和日本人結婚最好，像 NAOMI 這樣最符合我的理想——這麼一想，最後我很滿足。

不過，話雖如此，能夠接近白種婦女還是讓我有點竊喜——不，比起喜悅，更感到榮幸。老實說，我對自己的不善交際和欠缺語言天分早已絕望，認命地以為一輩子都不可能有這種機會，頂多只是偶爾去觀賞外國劇團的歌劇，或是熟知電影女明星的長相，對她們的美貌抱有一點點憧憬的愛慕。沒想到這個舞蹈課，竟讓我有機會接近西洋女人——而且還是伯爵夫人。撇開哈里森小姐那種老太婆不論，這是我有生以來第一次有這個「榮幸」與西洋婦女握手。當夫人朝我伸出那隻「白色的手」時，我不禁心跳加快，甚至有點猶豫是否該握住。

NAOMI 的手也同樣柔軟光潔，手指纖細修長，當然不算不優雅。但，夫人那隻玉手不像NAOMI的那麼單薄，手掌厚實有肉，手指也強韌伸展，毫無虛弱單薄之感，是「厚實」同時又「美麗」的手。——我萌生這樣的印象。她手上戴的宛如眼珠閃閃發亮的大戒指也是，如果是日本人戴肯定很俗氣，戴在夫人手上反而襯托得手指更纖麗，增添一抹高貴奢華之感。而且她和NAOMI最大的不同，就是膚色異樣白皙。白皙肌膚底下的淺紫色血管，令人聯想到大理石的斑紋，看起來略帶透明格外淒豔。過去我經常一邊把玩NAOMI的手，一邊讚美她「手真漂亮，就像西洋人的手一樣白皙」，但現在這麼一看，很遺憾，果然還是不一樣。即便看起來都很白，但NAOMI的白不會發亮，不，一旦看過夫人的手，甚至覺得NAOMI的手暗沉發黑。還有另一點吸引我注意的，是夫人的指甲。十根手指頭就像鑲嵌著同樣的珠貝，每根都有光潔整齊的指甲，不僅發出粉色光芒，而且或許是西洋的流行，指尖一律修剪成尖銳的三角形。

　前面也提過，NAOMI和我並肩站在一起時比我矮三公分，夫人在西洋人之中算是矮小，卻還是比我高，許是因為穿著高跟鞋，一起跳舞時她裸露的胸部正好擦過我的腦袋。當夫人開始說：

「Walk with me！」

把手繞到我背後教我單步舞的步法時，我不知有多麼戰戰兢兢，深怕我黝黑的臉孔碰觸她的肌膚。那滑嫩柔細的肌膚，於我而言光是遠眺就夠了。就連握手都覺得褻瀆，現在居然隔著柔軟的薄衫被她摟在胸前，我簡直像犯了滔天大罪，滿腦子只顧著擔心自己的呼氣會不會臭，我沾滿手汗濕答答的手會不會令她不快，偶爾她的頭髮有一縷垂落，都會讓我膽戰心驚。

不僅如此，夫人的身上還有一種甜甜的氣息。

「那個女人狐臭超嚴重，臭死了！」

後來我曾聽見那群曼陀林社團的學生這樣說她壞話，況且西洋人多半有狐臭，想來夫人八成也是如此，雖然她大概始終很小心地噴了香水掩蓋那個氣味，但我不僅不討厭那種香水與狐臭混雜、酸酸甜甜若有似無的氣味，甚至經常感到難以形容的誘惑。那讓我想起尚未見過的大海彼方的國家，世間罕有的奇妙異國花園。

「啊——這是夫人白皙的身體散發的芬芳嗎？」

我為之恍惚，一直貪婪地嗅聞那個氣味。

像我這樣笨拙的男人，堪稱最不適合跳舞這種華麗氛圍，雖說是為了NAOMI，為何之後也不厭其煩繼續去上了一、兩個月的課呢——我必須坦承，的確是因為有修雷慕斯卡雅夫人。每週一和週五的下午，被夫人摟在懷中跳舞。那短暫的一小時，不知不覺已成了我生活中最大的期待。一來到夫人面前，我就完全忘了NAOMI的存在。那一小時就像芳醇的烈酒，讓我不由沉醉。

「沒想到讓治先生學得這麼起勁，我還以為你很快就不想去了——」

「為什麼？」

「因為你不是每次都說自己不會跳舞嗎？」

所以每次提到這種話題，我都對NAOMI有點內疚。

「雖然覺得自己做不到，可是實際嘗試後才發現很愉快。況且醫生不是也說了嗎，跳舞是非常健康的運動。」

「你看吧，所以甚麼都不用想，去嘗試就對了。」

她並未發現我心中的祕密，如此笑言。

話說回來，她說我們課也上了一陣子了差不多可以了，於是我們就在那年冬天，第一次前往銀座的黃金鄉（El Dorado）咖啡廳。當時東京還沒有甚麼舞廳，因此除了帝國飯店和花月園之外，那個咖啡廳算是當時剛剛崛起吧。飯店與花月園以外國人為主，聽說對服裝和禮儀都很講究，對於新手而言可能去黃金鄉咖啡廳會更好，於是決定去那裡。不過那是 NAOMI 不知從哪聽來的傳聞，所以才提議「一定要去見識一下」，其實我還沒有在公開場合跳舞的膽量。

「讓治先生，你這樣不行啦！」

她瞪著我說，

「就是因為你每次都說這麼沒出息的話才不行。跳舞這種東西，如果光靠上課就算跳再久也不會進步。去公開場合厚著臉皮多跳幾次之後自然會越跳越好。」

「妳說的或許的確有理，可我就是沒辦法厚著臉皮……」

「那就算了，我自己去……乾脆邀濱先生或小政一起去跳舞好了。」

「妳說的小政，就是上次那個曼陀林社團的男人吧？」

「對呀，他雖然從未上過舞蹈課，可是不管哪裡都敢去，也不分對象是誰照樣跳舞，所以最近舞技已經變得很棒了。至少比讓治先生好多了。所以臉皮不夠厚只會自己吃虧喔……哪，你就一起去嘛，我陪讓治先生一起跳……好啦，算我求你，你就一起去嘛！……乖孩子，聽話，讓治先生真是乖孩子！」

最後決定要一起去之後，她又開始針對「該穿甚麼衣服去」展開漫長的討論。

「讓治先生，你說哪件比較好？」

她從四、五天前就開始大呼小叫，把所有的衣服都翻出來，一一拿在手上檢視。

「噢，那件應該可以吧。」

最後我已經不耐煩，於是隨口回答。

「會嗎？穿這件不會很可笑？」

她在鏡子前面不停轉圈，

「看起來怪怪的。我不喜歡這種打扮。」

說著立刻脫掉一扔，彷彿踢紙屑似的一腳把皺成一團的衣服踢開，又抓起另一件衣服檢視。但，那件也不行，這件也不好，

「哪，讓治先生，給我做件新衣服吧！」最後她說。

「去跳舞應該穿得更華麗才行，這種衣服太不起眼了。好不好啦！買新衣服給我啦！反正今後我們會常常出門，沒有衣服那怎麼行。」

當時，我的月薪已經無法應付她的揮霍了。本來我在金錢方面相當一板一眼，單身時代每月都會規定零用錢的金額，剩下的錢即便不多也會存起來，所以和她成家時手邊還有不少錢。而我雖沉溺於對她的愛情，對工作也不曾疏忽，依然是勤奮的模範員工，因此主管也越發信任我，月薪也調升了，如果再加上每半年領一次的工作獎金，平均起來每月足足有四百圓收入。所以如果不浪費的話照理說二人生活應該綽綽有餘，結果卻入不敷出。講這些好像很瑣碎，但首先，每月的生活費不管怎麼算都要二百五十圓以上，有時甚至得三百圓。其中這棟房子的房租占了三十五圓——本來是二十圓，四年來調漲了十五圓。——再扣掉水電瓦斯費、木炭費、洗衣費等各項雜費，剩下二百至二百三、四十圓是怎麼花的呢，大部分都花在吃東西上頭了。

這也難怪，小時候只要有一客牛排就已滿足的NAOMI，不知不覺嘴巴養得越來越刁，一日三餐總是超乎她那個年紀「想吃這個」、「想吃那個」非常奢侈。而且她嫌自己買菜回來自己料理太麻煩，多半是去附近餐廳點菜。

「唉——好想吃點好吃的東西啊。」

她每次一無聊就這麼抱怨。而且以前只愛吃西餐，最近卻不同了，三次總有一次會老氣橫秋地說甚麼「好想喝某料亭的湯品」或「去叫份某某店的生魚片嘗嘗吧」。

午餐我在公司，所以她一個人吃，但這種時候她反而更奢侈。傍晚我下班回來一看，廚房角落經常堆放著外賣的盒子或西餐廳的容器。

「NAOMI，妳又叫外賣了是吧！像妳這樣整天吃餐廳的東西會花很多錢。更何況一個女孩子這樣做，好歹也要想一下是不是太浪費吧！」

即便被我這樣訓斥，她也照樣坦然自若，

「就是因為我一個人才叫外賣呀，自己煮菜太麻煩了嘛。」

她故意賭氣，無賴地在沙發上躺倒。

她老是這樣子誰受得了。如果只是叫菜也就算了，問題是她有時連飯都懶得煮，連白飯都叫外賣送來。到了月底，雞肉店、牛肉店、日本料理店、西餐廳、壽司店、鰻魚屋、糕點店、水果店……各家送來的帳單總額，經常讓我驚訝她怎麼吃得了這麼多東西。

金額僅次於餐費的開銷是洗衣費。這也是因為她連一雙襪子都不肯自己洗，髒衣服一律送交洗衣店處理。而且我如果偶爾責怪她，她總是回嗆一句「我又不是女傭」。

「如果天天洗衣服，手會變粗，到時候就不能彈鋼琴了，讓治先生當初是怎麼說我的？不是說我是你的心肝寶貝嗎？那你怎麼捨得讓我這雙手變粗。」

她振振有詞地說。

起初她好歹還做點家事，也會下廚，但那大概只持續了短短一年半載吧。因此她不洗衣服也就算了，最困擾的是家中日漸雜亂，越來越髒。脫下的衣服隨手亂扔，吃過的東西也不收拾，用過的碗盤，喝過的茶杯湯碗，沾了汙垢的內衣與和服內襯，不管甚麼時候永遠散落各處。地板自然不用說，連桌椅也沒有一天不堆滿塵埃，當初特地做的印度花布窗簾早已失去昔日的風采變得烏漆抹黑，曾經應該是美麗的「鳥籠」的童話小屋，如今已完全變樣，一走進屋內就有這種場所特有的臭氣撲鼻而來。有時我實在受不了，也會說：

「好了好了，我來打掃，妳去院子吧。」

然後自己掃掃地撢撢灰，但是不僅越撢灰塵越多，而且東西實在太凌亂，就算想收拾也無從收拾。

我心想這樣不是辦法，於是也雇用過兩、三次女傭，但每個女傭都目瞪口呆地嚇跑了，沒人能忍受五天。首先，因為一開始就沒打算雇用女傭，所以女傭來了也無處睡覺。而且這下子我們也不能肆無忌憚地親熱，如果二人想嬉鬧一下總覺得不自在。家裡多了人手後，NAOMI 越發無賴，東西倒了都懶得扶起，不管大小事都使喚女傭。而且還是照樣「去某某餐廳給我叫某某菜來」，反而比以前更方便，於是她更加揮霍。結果我發現雇女傭很不划算，對我們的「遊戲」生活也有妨礙，對方固然目瞪口呆，我們也不希望對方再待下去。

因此，每月的生活開銷至少得花掉這些錢，剩下的一百或一百五十圓，我本來想每月存十圓或二十圓，可是她花錢太兇，根本存不到錢。她每個月必然會做一件新衣服。就算是便宜的薄毛呢或銘仙布料也得買表布和裡布，而且她從不自己縫製，都是花錢請人家做，所以五、六十圓就這樣沒了。做好的衣服，她如果不滿意就塞進壁櫥深處一次也不穿，如果喜歡就天天穿到膝蓋磨破為止。因此她的櫃子中，塞滿了破破爛爛的舊衣服。還有她的鞋子也花了不少錢。草鞋、低齒木屐、雨天用的高木屐、晴天用的木屐、雙齒木屐、外出用的木屐、居家用木屐——這些鞋子一雙七、八圓到兩、三圓不等，十天就要買一次，所以累積起來也不便宜。

「這樣穿木屐實在吃不消，妳為什麼不穿皮鞋呢？」

即便我這麼說，以前明明喜歡打扮得像女學生一樣穿裙褲配皮鞋的她，現在卻連去上舞蹈課都穿著和服輕鬆自在地出門。

「別看我這樣好歹也是江戶人，就算不打扮，至少鞋子得像樣，否則心裡就不舒坦。」

她倒是把我當成土包子看待了。

給她的零用錢，也是花在甚麼音樂會啦、電車費啦、教科書啦、雜誌啦、小說啦，每隔兩、三天就向我要三圓五圓。除此之外她的英文課和音樂課學費二十五圓，這個每月都得準時交錢，所以雖然我月入四百圓以上，要負擔這些開銷還是很吃力，別說是存錢了，反倒還得從戶頭領錢出來，單身時代存的一些錢也慢慢越來越少。而且錢這玩意一旦花起來就特別快，這短短三、四年已經把我的儲蓄用盡，如今一文錢也不剩。

不幸的是像我這種男人往往不知如何開口要求賒帳借貸，因此如果不把錢結清就坐立不安，每到月底為此吃盡苦頭。「妳花錢這麼兇，到了月底怎麼結清欠款。」即便我這樣警告她，她還是照樣說「無法結清就讓店家多寬限幾天就好了嘛」。

「——我們都在這裡住了三、四年了，怎麼可能連月底的欠款都不肯寬限幾天。只要告訴他們領到半年一次的工作獎金定會付清，任何店家都會同意啦。讓治先生的毛病就是膽子小又不懂得變通。」

就這樣，她自己想買的東西一律付現，每月的帳單就叫我領到工作獎金再還債。可是她也一樣不想低聲下氣請店家賒帳，於是每到月底就自己不聲不響跑出去，還說甚麼：

「我討厭跟商家打交道，那是你們男人的職責。」

因此我堪稱把所有的收入都奉獻給了她。為了讓她盡量打扮得更漂亮，為了讓她衣食無憂，不必小家子氣地擔心錢，可以無憂無慮地成長——那本就是我的本意，所以雖然嘴上抱怨傷腦筋，我還是容忍了她的奢靡。於是我只好在別的方面盡量節省，幸好我自己不用花任何交際費，就算偶有工作關係上的應酬，明知不合人情義理我還是能躲就躲。除此之外我自己的零用錢、治裝費、便當錢都是能省則省。每天搭乘的省線電車也是，她買二等的月票，我自己卻買三等的將就。她嫌煮飯太麻煩又喜歡花錢叫外賣，我就自己替她煮飯，或是事先替她備妥配菜。但這樣一來，她又不高興了。

「大男人用不著下廚房，太難看了。」她說。

「讓治先生，你不要一年到頭都穿同樣的服裝，難道就不能打扮得體面一點嗎？我不希望只有自己光鮮亮麗，你卻灰頭土臉。那樣我都不好意思和你一起走在路上。」

不能和她一起走路就毫無樂趣了，所以我不得不好歹準備一套所謂「體面」的服裝。而且和她出門時電車也得搭乘二等車廂。換言之為了不傷害她的虛榮心，她一個人揮霍不夠還得拉上我。

在這種情況下本就已捉襟見肘，偏偏最近每月還得給修雷慕斯卡雅夫人四十圓學費，而且還要替她置辦跳舞的衣裳，弄得我左支右絀。但她從來不肯聽我解釋，正好又到了月底，我的口袋還有現金，於是她更是逼著我掏錢出來。

「可是現在如果把錢花掉了，豈不是擺明了月底無法結帳。」

「就算付不出錢也會有辦法啦。」

「會有辦法？甚麼辦法？我看根本就沒辦法。」

「那我們到底是為什麼學跳舞？——算了，既然如此，從明天起我哪裡也不去了。」

她說著，大眼睛泛著水光，憤恨地睨視我，就此沉默不語。

「小 NAOMI，妳生氣了嗎？……欸，小 NAOMI，別這樣……妳轉過來看著我。」

這晚，我鑽進被窩之後，就搖晃著背對我裝睡的她肩膀說。

「好啦，小 NAOMI，妳就轉過來看我一下啦……」

然後我溫柔地把手搭在她肩上，就像將魚骨翻面般，把她整個人扳向我這邊，毫無抵抗的修長玉體依舊半閉著眼，就這麼老實轉向我。

「妳怎麼啦？還在生氣？」

「……」

「哪，喂……這也犯不著生氣吧，我會想辦法的……」

「……」

「喂，把眼睜開，睜眼……」

我邊說邊撥開她睫毛不停顫動的眼皮，彷彿珍珠悄悄從貝殼中顯露的渾圓黑眼珠，不僅沒睡著，而且還清醒地直視我的臉。

「就用那筆錢買給妳好吧，哪，行了吧……」

「可是這樣家裡不就會缺錢？……」

「缺錢沒關係，我會再想辦法。」

「那你有甚麼辦法？」

「跟老家說，叫他們匯錢過來就行了。」

「他們肯嗎？」

「肯，當然肯。我從來沒給家裡惹麻煩，而且我媽肯定也知道，我倆一旦成家自然會需要花錢添置各種東西……」

「真的？可是這樣不會對不起你媽嗎？」

她嘴上講得好像很擔心，其實她心裡八成在想「明明跟鄉下講一聲就沒事了」。這我隱約也已察覺。我這麼一說她當然是正中下懷。

「沒事，這又不是甚麼壞事。但我個人原則上不喜歡這種事所以才一直沒這麼做。」

「那你現在為什麼改變原則了？」

「因為看到妳剛才流眼淚太可憐了。」

「真的？」

她說著，胸前彷彿波濤洶湧般起伏，浮現羞赧的微笑，

「我真的掉眼淚了？」

「妳不是含著眼淚說今後哪裡也不去了嗎？妳真是個永遠長不大的彆扭小孩，我的大寶寶……」

「我的把拔！可愛的把拔！」

她突然摟住我的脖子，朱唇就像繁忙的郵局蓋印章似的，在我的額頭、鼻子、眼皮上方、耳朵背後、我的臉上各處密密麻麻地不停親吻。那帶給我一種彷彿茶花沉甸甸且潮濕柔軟的花瓣紛紛落下的快感，有種自己的腦袋完全淹沒在花瓣馥郁芬芳中的夢幻感。

「妳怎麼了，小NAOMI？簡直像個小瘋子。」

「對，我瘋了……今晚我瘋狂地覺得你好可愛……你嫌我煩人嗎？」

「怎麼可能嫌妳煩，我也很開心，開心得幾乎發瘋。只要是為了妳，任何犧牲我都不在乎……咦，妳怎麼了？怎麼又哭了？」

「謝謝你，把拔。我很感激把拔，所以不由自主就哭了……哪，你懂嗎？我不能哭？不能哭的話就替我擦去眼淚。」

她從懷裡取出紙，自己不擦，卻把紙塞進我手中，眼睛一直盯著我，我還沒替她擦眼淚，晶瑩的淚珠已湧至睫毛邊緣。啊——這是多麼水汪汪的明眸啊。我真想將這美麗的淚珠悄悄結晶珍藏，同時先替她擦臉頰，再小心避開那渾圓的淚珠，替她擦拭眼窩，每次拉扯皮膚時，淚珠就會被擠成各種形狀，一下子變成凸透鏡，一下子變成凹透鏡，最後顫顫破碎，好不容易擦乾淨的臉頰上再次滑過一行晶瑩水絲。於是我再次替她擦臉，輕撫還有點濡濕的眼珠上方，然後用那張面紙抵著她還在繼續嗚咽的鼻孔，

「乖，擤擤鼻子。」我說。

她用力擤鼻，一再讓我替她擦鼻涕。

翌日，NAOMI 向我拿了二百圓，一個人去三越百貨，我趁著公司午休時間，第一次寫信向母親要錢。

「……由於最近物價高漲，和兩、三年前已有驚人的差異，雖然我們過得並不奢侈，還是每月入不敷出，都市生活大不易……」

我記得我是這麼寫的，想到自己竟然變得這麼會對母親說謊，而且還變得如此大膽，連我自己都有點害怕。然而，從兩、三天後收到的回信就知道，母親不僅信任我，對兒子的愛妻 NAOMI 也很慈愛。因為她在信中還多給了一百圓交代我「替媳婦也買件衣服」。

十

黃金鄉的舞會是週六晚間舉行。聽說是七點半開始，所以我五點下班回來時，她已經泡過澡尚未穿衣，正在仔細做臉。

「啊，讓治先生，衣服做好囉。」

她從鏡中一看到我，就一手伸向身後，她指的沙發上，緊急向三越百貨訂做的和服與腰帶已拆開包裝長長地排放著。和服是滾邊襯棉的雙層夾衣，那種布料大概叫金紗皺綢吧，暗朱色的底色上，點點散布黃花綠葉的圖案，腰帶上有銀線繡成兩、三道波浪起伏，四處還點綴著貴族華麗座船似的古典船隻。

「怎麼樣？我的設計很有巧思吧？」

她雙手調開白粉，一邊用手心左右開弓啪啪拍打還在冒蒸氣的豐潤肩膀乃至脖頸一邊如此說道。

但是老實說，厚肩豐臀，胸脯高聳的她，並不適合那種溫柔似水的質料。她穿著棉紗和銘仙和服時，就像混血女郎有種洋溢異國風情的美豔，但不可思議的是，一旦穿上這種正式的服裝，反而讓她看起來很俗氣，衣服花色越華麗就越低俗，很像橫濱一帶那種專做外國人生意的娼妓，只有粗野之感。我見她自個兒得意洋洋，也不好潑她冷水，但是要和裝扮這麼刺眼的女人一起搭電車去舞廳，不禁讓我毛骨悚然。

她穿上新衣後，

「讓治先生，你就穿藏青色西裝吧。」

她難得主動替我取來衣服，還替我撢去灰塵拿熨斗燙平。

「我比較想穿褐色那套。」

「讓治先生是大笨蛋！」

她照例用那種嬌嗔的語氣瞪我一眼，

「晚宴當然得穿藏青色西裝或黑色禮服。而且領子也不能是軟領必須有襯墊。那是社交禮儀，今後你可要記住。」

「噢，還有這種規矩啊。」

「本來就是，你既然喜歡洋玩意，怎麼能不知道這種常識。這套藏青色西裝雖然很髒了，不過西裝只要把皺摺燙平，版型沒有走樣就行了。好了，我幫你整理好了，今晚你就穿這套去。改天你得去做套黑色禮服。否則我可不要跟你跳舞。」

之後她又說領帶必須是藏青色或黑色素面，最好打領結，鞋子應該穿漆皮的，否則就穿普通的黑色短靴，紅皮鞋不夠正式，襪子也該穿絲質的，否則就得選黑色素面。——也不知她從哪聽來的，如此這般向我講解，不僅是自己的服裝，連我的服裝也一一干涉，費了好大的工夫才總算出門。

我們抵達時已過了七點半，舞會早已開始。聽著吵雜的爵士樂聲走上樓梯，搬開餐廳椅子闢出的舞廳入口，貼著一張告示「Special Dance——Admission: Ladies Free, Gentlemen ￥3.00」，有一個服務生站在門口負責收會費。當然這是咖啡廳，說是舞場也沒那麼氣派，放眼望去，正在跳舞的大概有十組，不過光是這樣的人數就已鬧烘烘相當熱鬧了。房間一角排放著二排桌椅，大概是讓買票入場者各占一席，可以不時在那裏休息，一邊觀賞別人跳舞吧。只見陌生男女左一群右一堆地聚在一起交談。NAOMI 一走進去，他們就互相竊竊私語，露出只有在這種地方才看得到的某種異樣的、半帶敵意半帶輕蔑的怪異眼神，露骨地上上下下打量她。

「喂，喂，那邊來了一個那種女人。」

「她的男伴不知是何許人也！」

我感覺他們彷彿正在這麼議論。可以清楚感到，他們的視線不只射向NAOMI，也投注在倉皇站在她身後的我身上。交響樂團的音樂在我耳中嗡嗡發出巨響，眼前是翩翩起舞的群眾……大家的舞技都遠比我高明，形成一個大圓圈不停轉圈子。同時，我想到自己是個身高不足一米六的矮子，膚色黝黑如土人，還有一口亂牙，穿的是二年前做的早已過時的藏青色舊西裝，頓時臉紅發燙，渾身顫抖，忍不住暗想「我們根本不該來這種地方」。

「乾站在這裡也不是辦法……還是找個位子……先去桌子那邊吧？」

NAOMI 或許也有點怯場，貼近我的耳邊，小聲對我說。

「不過，怎麼辦，我們可以直接從這些跳舞的人中間穿過去嗎？」

「肯定可以吧……」

「可是這樣迎面撞上不好吧？」

「小心不要撞上就好了……你看，那個人不也是直接從中間穿過去。所以肯定沒關係啦，我們過去吧。」

我跟在她身後橫越過舞池的眾人，但我不僅雙腿顫抖而且地板滑溜溜的，光是平安抵達對面就費了好大的功夫。而且有一次還差點摔倒，

「欸！」

我記得還被她這樣瞪了一眼，對我板起臭臉。

「啊，那邊有空位，就坐那張桌子吧。」

她好歹還是比我有膽量，在眾人露骨打量的眼光中故作坦然地穿越過去，抵達那張桌子。但，她明明之前那麼期待跳舞，現在卻沒有立刻說要去跳舞，反而有點坐立不安似的，從手提包取出小鏡子悄悄補妝，一邊偷偷提醒我「你的領帶歪向左邊了」，一邊盯著舞池。

「小NAOMI，濱田君應該來了吧？」

「別喊我小NAOMI，要喊我小姐。」

她說著，又傲慢地板起臉，

「濱先生來了，小政也來了。」

「我看看，在哪？」

「你看，就在那邊……」

這時她慌忙壓低嗓門，「用手指著人家太沒禮貌了啦！」她悄悄訓斥我後說，

「你看，那邊不是有人正在和穿粉紅色洋裝的女孩子跳舞嗎，那就是小政。」

「嗨！」

就在她說話的同時，小政正好朝我們靠近，隔著女伴的肩頭對我們咧嘴一笑。穿粉紅色洋裝的，是個身材高大、裸露肉感雙臂的胖女人，不止濃密簡直多得令人窒息的烏黑頭髮齊肩剪平，不僅蓬亂捲曲，還在額前綁了緞帶，至於臉蛋，雙頰通紅，大眼厚唇，還有著徹底屬於純日本式、彷彿浮世繪會出現的那種細長鼻子，臉型是瓜子臉。我算是很注意女人的長相，但我從未見過如此不可思議又不協調的臉孔。想來此女八成也對自己長得太像典型日本人的臉孔感到萬分不幸，因此費盡苦心盡量仿照西洋人的打扮，仔細一看，凡是裸露在外的肌膚都像沾到麵粉似的塗抹白粉，眼睛周圍有油漆般閃亮的綠青色顏料暈染開來。臉頰之所以通紅，顯然也是塗抹了胭紅，再加上額頭綁的那條緞帶，很抱歉，不管怎麼看都只能說是妖怪。

「喂，小NAOMI……」

我一不留神又脫口喊道，急忙改口喊小姐，

「那女人那副德性也是千金小姐？」

「就是呀，簡直像妓女……」

「妳認識那個女的？」

「不認識，但我經常聽小政提起。你看，她額頭上不是綁著緞帶嗎？那是因為她的眉毛位於額頭上方，所以才用緞帶掩藏，另外再在下方畫上假眉毛。欸，你看嘛，她那眉毛是假的喔。」

「可是五官本身應該沒那麼糟糕吧？是因為那樣塗抹得紅紅綠綠亂七八糟的才顯得那麼可笑。」

「簡而言之就是蠢嘛。」

她似乎已漸漸恢復自信，用平時那種強烈自戀的口吻大肆批評，

「就連五官也是，沒有任何優點。讓治先生覺得那種女人是美女？」

「當然算不上美女，但她鼻子高挺，身材也不賴，如果正常打扮應該還可以看

吧。」

「天啊受不了！甚麼叫做還可以看！那種五官街上隨便找找都有一大堆。而且你看她，刻意下功夫模仿西洋人的風格是無所謂，問題是看起來一點也不像西洋人，所以只是在騙自己吧。簡直像猴子。」

「對了，現在正和濱田君跳舞的女人，好像在哪見過？」

「你的確應該見過，她就是帝國劇場的春野綺羅子。」

「噢？濱田君認識綺羅子？」

「對呀，認識，因為他很會跳舞，所以和很多女明星都是朋友。」

濱田一身褐色西裝搭配巧克力色皮鞋和花襪子，正踩著即便在眾人之中也格外醒目的高明舞步翩翩起舞。而且很奇怪的是，或許真有那樣的舞蹈方式吧，只見他和女伴的臉緊貼在一起。玉指纖纖，身材嬌小得如果用力抱緊恐怕會折斷的綺羅子，看起來比舞台上更美麗，穿著名符其實的綺羅雲裳，腰上繫著（那種布料好像叫做緞子或是朱珍）以金絲與墨綠勾勒龍紋的黑色腰帶。女方個子矮，因此濱田就像要聞她秀髮氣味似的，腦袋歪向一側，耳朵緊貼著綺羅子的鬢角。綺羅子也好不到哪去，額頭用力抵著男人的臉頰甚至在他眼角擠出皺紋。二張臉的四隻眼珠不停眨動，即便身體分開，腦袋和腦袋還是始終緊貼著跳舞。

「讓治先生，你見過那種跳法嗎？」

「沒見過，看起來不太雅觀呢。」

「就是嘛，真的很下流。」

NAOMI 做出呸呸吐口水的嘴型，

「那叫做貼面舞，聽說不是正經場合能跳的舞。在美國如果跳那個，據說會被勒令退場呢。濱先生也真是的，太矯情了。」

「不過女的也好不到哪去。」

「說的也是，反正女演員都是那種貨色啦，基本上這裡就不該讓女演員來，這樣子真正的淑女都不會來了。」

「男人也是，妳之前還嘮嘮叨叨一直嘀咕我，結果穿藏青色西裝的人並不多嘛。就連濱田君也是那副打扮……」

這點我打從一開始就注意到了。想裝內行的 NAOMI，不知從哪聽來半吊子的西洋禮儀，非要逼我穿藏青色西裝，結果來了一看，這樣穿的頂多只有兩、三人，穿黑色禮服的更是一個也沒有，大部分的人都是穿顏色怪異頗有創意的西服。

「話是沒錯，但那是濱先生錯了，穿藏青色才正式。」

「妳這樣堅持也沒用……妳看那個西洋人，還不是穿著土布西服就來了。所以穿甚麼其實都可以吧。」

「才不是，不管別人怎樣，至少我們自己應該穿正式服裝來。西洋人之所以那種打扮就來，是因為日本人不好。況且像濱先生那樣身經百戰舞技熟練的人當然另當別論，可是讓治先生你如果不好好打扮，簡直無法見人。」

舞池眾人這時暫時停止跳舞，響起熱烈掌聲。交響樂團停止了，所以他們似乎想盡可能跳久一會，熱情一點的甚至吹口哨跺腳頻呼安可。這時音樂再次響起，本來靜止的舞池再次開始轉圈。一陣舞動後又靜止，再次安可……這樣一而再再而三重複，最後怎麼拍手都沒用後，舞池的男士終於跟在女伴身後像護花使者一樣絡繹回到桌子這邊。濱田和小政把綺羅子和粉紅色洋裝女各自送回桌邊，拉開椅子請女士坐下，對著女士彬彬有禮地一鞠躬後，這才一起來到我們這桌。

「嗨，晚安。你們可真悠哉。」

說這話的是濱田。

「怎麼乾坐著，不跳舞嗎？」

小政照例用那種玩世不恭的輕佻語氣，杵在 NAOMI 身後，從上方毫不客氣地俯視她耀眼的盛裝打扮，

「如果沒約的話，下一首和我跳？」

「我才不要，小政跳得那麼爛！」

「誰說的，雖然我沒付學費，但是照樣會跳舞，說來還真神奇。」

他說著，驕傲地撐大蒜頭鼻的鼻孔，嘴唇向下撇，嘿嘿朝我們笑，

「這都是因為我底子好夠聰明。」

「哼，少臭美了！你和那個粉紅色洋裝女跳舞的模樣，真讓人不敢恭維。」

驚人的是，NAOMI 在這個男人面前忽然講話變得如此粗俗。

「啊，這可不妙。」

小政脖子一縮抓抓腦袋，回頭朝遠處桌子的粉紅色女人瞄了一眼，

「我本來自認論及厚臉皮不輸任何人，結果還是搞不過那女人，她穿著那身衣服也敢來這裡。」

「你看她那是甚麼鬼德性嘛，簡直像猴子。」

「哈哈哈，猴子嗎，猴子這個比喻用得妙，的確就是猴子。」

「你還好意思說，還不是你把她帶來的。——小政，那樣真的很丟人所以你還是要注意點。就算想模仿西洋風格，以她那副尊容也辦不到。畢竟她的五官是徹徹底底的純日本人。」

「簡而言之是可悲的努力吧。」

「哈哈哈，沒錯，真的，簡而言之是猴子可悲的努力。就算穿和服，看起來像西洋人的人還是照樣像西洋人。」

「比方說像妳這樣是吧？」

NAOMI 哼了一聲驕傲地抬高鼻子，得意地格格笑，

「對呀，我至少看起來還比較像混血兒。」

「熊谷君。」

濱田似乎有點顧忌我，看起來吞吞吐吐，這時忽然這麼喊小政。

「對了，你和河合先生應該不是第一次見面了吧？」

「對，見倒是見過幾次了——」

被稱為「熊谷」的小政還是隔著椅子繼續杵在 NAOMI 後面，冷然朝我投來嘲諷的眼神。

「我叫做熊谷政太郎。先做個自我介紹，今後還請多指教——」

「本名是熊谷政太郎，綽號叫小政——」

NAOMI 說著抬頭仰望熊谷，

「欸，小政，你何不順便多介紹一下自己？」

「算了，不用了，說太多只會自曝其短。——詳細資料請你問 NAOMI 小姐。」

「唉喲，討厭，你的詳細資料我哪知道啊。」

「哈哈哈！」

我暗自覺得被這群人包圍很不愉快，可是看到 NAOMI 那麼開心，只好也跟著賠笑說：

「我看這樣吧，濱田君和熊谷君不如也在這兒坐下？」

「讓治先生，我口渴，你去幫我叫點飲料。濱哥，你想喝甚麼？檸檬汁？」

「啊，我都可以……」

「小政，你呢？」

「既然有人請客，那我想喝威士忌蘇打。」

「受不了，我最討厭酒鬼了，嘴巴臭死了！」

「嘴臭有甚麼關係，人家說越臭越愛扔不開。」

「那隻猴子嗎？」

「啊，糟糕，既然妳這麼說那我認錯。」

「哈哈哈！」

NAOMI 旁若無人地前後搖晃身體說，

「那，讓治先生，你去喊服務生——一杯威士忌蘇打，然後三杯檸檬汁……

啊，等一下，等一下！不要檸檬汁，還是水果雞尾酒好了。」

「水果雞尾酒？」
我聽都沒聽過的飲料她怎會知道，讓我深感不可思議。
「雞尾酒的話那不就是酒嗎？」
「不會吧，讓治先生你連這個都不知道？——唉，濱先生、小政你們也聽聽看，這人就是這麼沒見過世面。」
她說到「這人」的時候拿食指輕敲我的肩膀，
「所以就算來跳舞，和這人單獨在一起簡直蠢得要命。他就是這樣呆頭呆腦的，剛剛還差點滑倒呢。」
「地板光溜溜的的確很滑。」
濱田像要替我辯護，
「起初誰都會顯得很笨拙，習慣之後自然就會有模有樣了……」
「那我呢？我也還沒到有模有樣的地步？」
「不，妳不同，妳膽子特別大……是社交天才。」
「濱先生其實也很天才喔。」

「啊，我嗎？」

「對呀，不知不覺就和春野綺羅子成了朋友！哪，小政，你說對不對？」

「嗯、嗯。」

熊谷噘出下唇，伸長下巴點頭。

「濱田，你在追求綺羅子？」

「別傻了，我怎麼可能那樣做！」

「不過濱先生這樣面紅耳赤地辯解看起來很可愛耶。倒是有幾分老實。——欸，濱先生，不如把綺羅子小姐也叫過來？好啦！你去叫她！介紹給我認識一下。」

「妳該不會又要對人家冷嘲熱諷？碰上妳的毒舌真的沒轍啊。」

「你放心，我不會冷嘲熱諷，你把她叫來吧，人多一點不是比較熱鬧嗎。」

「那我也去把那隻猴子叫來吧？」

「啊，好主意，好主意。」

NAOMI 轉頭對熊谷說，

「小政也去把猴子叫來，大家一起坐。」
「嗯，也好，不過舞曲已經開始囉，我先跟妳跳一首再去叫她吧。」
「雖然我不喜歡跟小政跳，不過沒辦法，那就陪你跳吧。」
「妳的口氣倒是不小，自己還不是剛學跳舞的菜鳥。」
「那，讓治先生，我去跳一下，你在這看著。待會我再陪你跳。」
我想我的表情一定很悲傷很怪異吧，但她倏然起立，和熊谷挽著手，加入再次開始旋轉舞動的群眾之中。
「啊，這次是第七首狐步舞嗎——」
剩下濱田和我後，他似乎找不出話題很困窘，從口袋掏出節目單檢視後，悄悄起身。
「那個，我也失陪一下，這支舞我說好了要陪綺羅子小姐跳——」
「好，你請便，不用管我——」
剩下我一人，不得不獨自面對三人走後，服務生送來的威士忌蘇打和所謂的「水果雞尾酒」這四個杯子，茫然眺望舞池的熱鬧。但我本來就不是自己想跳舞，主要只是想看看 NAOMI 在這種場所有多麼耀眼，會做出甚麼樣的舞蹈動作，所以到頭來反而是這樣獨坐更輕鬆自在。於是我抱著終於解脫的安心感，熱切以眼神追逐 NAOMI 在人群中若隱若現的身影。

「嗯，跳得相當不錯！……有那種水準就不會丟人了……學起那種東西她果然很聰明……」

她穿著可愛的草鞋搭配白色足袋的小腳踮起，翩然轉身，華麗的水袖飄飄然揚起。每踏出一步，衣服前面的下襬就會像蝴蝶般輕盈跳起。雪白的手指擺出藝妓彈琴時拿撥片的姿勢輕輕搭在熊谷的肩上，華麗絢爛的腰帶勒緊胴體，彷彿一枝花般在人群中格外顯眼的脖子、側臉、正面、後面的髮腳——這樣看起來，穿和服其實也不錯，不僅如此，或許是因為有粉紅色洋裝女那些裝扮突兀的女人在，原本我還暗自擔心她那鮮豔刺眼的穿衣品味，現在看來倒也沒有那麼低俗。

「啊——熱死了熱死了！怎麼樣，讓治先生，你有沒有看我跳舞？」

她跳完回到桌邊，急忙把水果雞尾酒的杯子拿到面前。

「嗯，我看了，妳跳舞的樣子一點也不像是初學者。」

「真的！那下次跳單步舞時我陪你跳。哪，好不好？……單步舞應該比較簡單。」

「濱田君和熊谷君他們呢？」

「噢，他們馬上來，我讓他們去把綺羅子和猴子也叫來。——水果雞尾酒應該再多叫二杯。」

「對了，剛才粉紅色女人好像是和西洋人跳舞。」

「對，沒錯，那才滑稽呢——」

NAOMI 凝視杯底，咕嘟咕嘟猛灌雞尾酒解渴，

「那個老外根本不是甚麼朋友，他突然跑去找猴子，開口就邀她跳舞。換句話說他根本看不起人，也沒介紹一下就那樣說，肯定是誤把猴子當妓女了。」

「那她應該拒絕對方才對。」

「所以才說滑稽呀。那隻猴子也是看對方是西洋人，不好意思拒絕才跟他跳舞！真是大笨蛋，丟人現眼！」

「不過，妳這樣大剌剌說人家壞話也不好吧。我在旁邊聽的都提心吊膽。」

「不要緊，我自有我的想法。——沒事，對付那種女人就該這樣罵她兩句才好。否則連我們都會跟著倒楣。就像小政，我不也警告他那樣會有麻煩要小心。」

「他是男人倒還無所謂……」

「喂！濱先生帶綺羅子來了，淑女來了就得立刻站起來喔——」

「那個，我來介紹一下——」

濱田在我倆面前擺出軍隊「立正」的姿勢。

「這位是春野綺羅子小姐——」

這種場合，我很自然地以 NAOMI 的美貌為標準，暗自比較「此女和 NAOMI 比起來是好還是壞」。但此刻從濱田身後，身段溫婉地在嘴角堆出悠然與自信的微笑，上前跨出一步的綺羅子，大概比 NAOMI 大一、兩歲吧。但就活力充沛、青春嬌美的氣質而言，或許因為她的個子嬌小玲瓏，看起來和 NAOMI 不分軒輊，至於衣裳的華麗甚至更甚於 NAOMI。

「您好……」

她用文靜拘謹的態度說，垂下看似聰穎、黑白分明的渾圓雙眸，微微彎身致意。不愧是女演員，她的身段舉止完全沒有 NAOMI 那種毛燥。

NAOMI 的舉止已活潑過度，變成粗魯了。說話方式也直來直往，欠缺女性的溫柔，一不小心就變成低俗。簡而言之她是小野獸，相較之下綺羅子無論是說話方式或使眼色、扭頭、抬手，總之一舉一動都很洗鍊優雅，有種小心翼翼、甚至神經質的、極盡人工琢磨出來的貴重品之感。比方說看她坐下來握住雞尾酒杯時的手掌至手腕，真的很纖細，彷彿脆弱得難以承受那重重垂落的衣袖重量。細膩的肌膚紋理和色澤的嬌豔，與 NAOMI 平分秋色，我頻頻輪番打量放在桌上的四隻手掌，但二人的臉孔大異其趣。NAOMI 如果是瑪麗・畢克馥，是瘋丫頭，綺羅子就是義大利或法國一帶嫻靜優雅中又隱約散發嫵媚的幽豔美人。如果同樣是花朵，NAOMI 綻放在野地，綺羅子則盛開於溫室。那張緊緻圓臉上的小巧鼻子，是多麼纖細又挺直！若非最高明的匠人做出的人偶，就算是嬰兒的鼻子也不可能如此纖細。而我最後發現，NAOMI 平日自傲的整齊牙齒，綺羅子同樣也有，宛如粒粒珍珠，在她彷彿剛剖開的鮮紅瓜果般可愛的口腔中，像種子一樣排列整齊。

在我感到自卑的同時，NAOMI 肯定也感到自卑。綺羅子加入後，NAOMI 再也不見之前的傲慢，不僅沒有冷嘲熱諷反而倏然沉默，舉座頓時一陣冷場。不過，本就爭強好勝的她，因為是自己開口要求「把綺羅子叫來」，最後似乎又恢復了平日的叛逆調皮，

「濱先生，你別悶不吭聲，好歹講句話呀。——那個，綺羅子小姐，妳是甚麼時候和濱先生成為朋友的？」

她開始這樣慢慢發動攻勢。

「我嗎？」

綺羅子說，水汪汪的雙眸頓時一亮，

「就在不久之前。」

「我呢——」

NAOMI也被對方說「我」的口吻傳染，

「剛才在旁觀賞，妳跳得很棒呢，一定學了很久吧？」

「沒有，跳舞倒是很久之前就接觸了，可是一點進步也沒有，因為我太笨了……」

「哎喲，沒那回事。濱先生，你說呢？」

「那當然是跳得很好囉，因為綺羅子小姐是在女明星訓練班正式學過的。」

「哎喲，幹嘛講這種話。」

綺羅子頓時面露羞澀，嬌羞地垂首。

「但妳真的跳得很棒，放眼望去，男士跳得最好的是濱先生，女士就是綺羅子小姐了……」

「哪裡。」

「怎麼，這是舞技品評大會？男士跳得最好的怎麼說都該是我吧——」

這時熊谷帶著粉紅色洋裝的女人加入。

這位粉紅色洋裝女，根據熊谷的介紹，是住在青山的企業家千金，名叫井上菊子。現年二十五、六歲已經快過了適婚期——事後我才聽說，據說她兩、三年前曾嫁入某戶人家，因為太愛跳舞，最近離婚了——故意在那種晚禮服底下裸露肩膀至手臂的裝扮，大概是要強調自己豐滿豔麗的肉體美，可是這樣面對面看來，根本談不上豐滿豔麗，倒像是半老徐娘。不過比起乾扁的豆芽菜身材當然還是像她這樣有點肉更適合穿洋裝，但不管怎麼說最傷腦筋的還是她那張臉。就像在洋娃娃身上安裝日本人偶的腦袋，扁平的五官與洋裝完全不搭軋——如果就這麼順其自然也就算了，偏偏她還費盡心思試圖模仿西洋人，多此一舉地在臉上動手腳，好好的一張臉都被她毀了。一看之下，果然，她真正的眉毛肯定藏在額頭的緞帶底下，眼睛上方的眉毛顯然是畫出來的。還有眼眶周圍的藍色眼影、腮紅、假美人痣、唇線、鼻梁的陰影，幾乎臉上各個部分都很不自然。

「小政，你討厭猴子嗎？」

NAOMI 突然說。

「猴子？」

熊谷說著，強忍爆笑的衝動，

「幹嘛沒頭沒腦問這種奇怪的問題。」

「我家養了二隻猴子喔，所以如果你喜歡，我可以送你一隻。怎樣？你不喜歡猴子嗎？」

「哎喲，妳養猴子啊？」

菊子一臉認真地問，NAOMI 越發得寸進尺，兩眼發亮露出喜歡惡作劇的本性，

「對，我有養喔，菊子小姐喜歡猴子嗎？」

「我只要是動物通通喜歡，無論是小貓小狗——」

「猴子也喜歡？」

「對，猴子也是。」

這段問答太可笑，熊谷已經把臉撇向一旁捧腹，濱田也拿手帕捂著嘴吃吃笑，綺羅子彷彿也察覺狀況默默偷笑。但，菊子似乎意外是個傻大姊，壓根沒發現自己正被人嘲弄。

「哼，那女的簡直笨死了，該不會是大腦血液循環不良吧。」

之後第八首單步舞開始，熊谷和菊子去舞池後，NAOMI 當著綺羅子的面前也肆無忌憚用粗鄙的語氣說。

「哪，綺羅子小姐，妳說是不是？」

「啊，我不知道妳在問甚麼……」

「我是說，那個人感覺很像猴子對吧，所以我才故意對她提起猴子。」
「哎喲。」
「大家都笑成那樣，她居然還沒發覺，真是笨死了。」
綺羅子用半是驚訝半是輕蔑的眼神偷窺 NAOMI，始終只是頻呼「哎喲」不置可否。

十一

「走，讓治先生，單步舞來了。我陪你跳，我們走吧。」
之後我在 NAOMI 的命令下，終於有幸與她共舞。
於我而言，雖然尷尬，但這也正是實際測試平日練習成果的好機會，尤其舞伴又是可愛的 NAOMI，自然不可能不高興。就算我的舞技爛得成為眾人笑柄，我的笨拙也能反過來烘托她的出眾，所以我是求之不得。此外，我也有一種奇妙的虛榮心。因為我希望大家都認定「那人看起來像是那女人的丈夫」。換句話說我很想驕傲地對眾人展示「這女人是屬於我的。怎樣，你們都來看看我的寶貝」。這麼一想，我在開心的同時，也非常痛快。這些年來為她付出的犧牲與辛苦，好像一下子都有了回報。

看她打從剛才的樣子，今晚大概並不想和我跳舞吧。在我的舞技稍有進步之前她恐怕都不願意。不願意就不願意，我也不會勉強她非要跟我跳。但就在我已經死心時，她卻主動說「陪我跳舞」，所以她那句話不知讓我有多麼喜悅。

於是，我只記得自己像發高燒一樣亢奮，拉著她的手跨出單步舞的第一步，之後就激動得甚麼都不記得了。而且越是亢奮失神，就越聽不見音樂，舞步變得亂七八糟，眼冒金星，心跳劇烈，和在吉村樂器行二樓用留聲機放唱片練習完全不同，一旦加入這人潮洶湧的大海中，我已經暈頭轉向，進退失據。

「讓治先生，你在發甚麼抖啊，不好好跳舞怎麼行！」

NAOMI 始終在我耳邊斥責我。

「你看，你看你又滑倒了！誰叫你那麼急著轉身！你冷靜一點！我叫你冷靜點！」

但我被她這麼一說反而更激動。再加上舞池的地板為了今晚的舞會特地弄得很滑，我像在練習場那樣跳，一不留神就會立刻滑倒。

「你看你看！就跟你說不能聳肩！肩膀放下去！放下去！」

她說著甩開我拼命握住她的手，不時還用力把我的肩膀狠狠壓下去。

「欸！你這麼用力握我的手幹甚麼啦！簡直像緊巴著我不放，這樣害我都動彈不得了！……你看你，肩膀又來了！」

這樣說穿了，完全像是到舞池來挨她罵的，但就連她的怒吼聲我都已經聽不見了。

「讓治先生，我不跳了！」

後來她大發雷霆，明明大家都還在鼓掌喊安可，她就絕情地丟下我自己大步回座位去了。

「唉，受不了。讓治先生現在的程度根本不能跳，還是回去好好再練習一下吧。」

濱田和綺羅子來了，熊谷來了，菊子來了，桌邊再次熱鬧起來，可我卻徹底沉浸在幻滅的悲哀中，默默成為她嘲弄的對象。

「哈哈哈！被妳這樣一說，膽小的人豈不是更不會跳了。妳別這麼兇，就讓人家跳嘛。」

熊谷的這番話反而惹火了我。「讓人家跳」是甚麼意思！他把我當成甚麼了？這個楞頭青！

「沒事，沒有 NAOMI 說的那麼差，不是還有很多人跳得更差嗎？」

濱田緩頰，

「妳看怎麼樣，綺羅子小姐，下一首狐步舞不如與河合先生跳？」

「啊，沒問題……」

綺羅子秉持女演員一貫的討喜態度點頭同意。可我慌忙搖手，驚愕得滑稽地說：

「不，我不行，不行啦。」

「怎麼會不行。你就是這樣太客氣才不好。妳說是吧，綺羅子小姐。」

「是啊……真的不用客氣。」

「不，我不行，真的不行，等我學會了再麻煩妳。」

「人家既然願意陪你跳，你就老老實實去跳嘛。」

這時 NAOMI 好像認為這對我而言是天大的榮幸，不容分說地打斷我，

「讓治先生不能老是只想跟我一個人跳。——快，狐步舞開始了，你快去吧，跳舞就是要和不同的人多切磋才好。」

「Will you dance with me?」

這時忽聞某人這麼說，只見大步走到 NAOMI 身旁的，正是剛才和菊子跳舞的那個外國人，只見他身材修長，像女人一樣娘娘腔的臉上塗抹白粉，看起來還很年輕。他彎腰對著 NAOMI 躬身，笑嘻嘻地劈里啪啦講了一串話，大概是在恭維她吧。我只聽懂他用厚顏無恥的口吻一直說「please、please」。NAOMI 也面露困窘漲紅了臉，可她不敢生氣，只是默默微笑。她雖想拒絕，但以她的英文能力一時之間想不出該怎麼說才能最委婉地表達。外國人見她笑了，似乎以為她對他有好感，於是一邊做出催促她的動作，一邊霸道地要求她回答。

當她說著「Yes……」不情不願地站起來時，臉頰變得更加嫣紅如火。

「哈哈哈，那傢伙，嘴上講得那麼囂張，真碰上西洋人還不是那麼沒出息。」

熊谷格格大笑說。

「西洋人就是這麼厚臉皮，真是傷腦筋。剛才我也是，真拿那種人沒轍。」

說這話的是菊子。

「那就麻煩妳了。」

我見綺羅子還在等著，只好硬著頭皮這樣邀請她。

基本上，不只是今天，嚴格說來我的眼裡除了 NAOMI 從來沒有別的女人。當然如果看到美女還是會覺得對方很漂亮。但，漂亮歸漂亮，我只想保持距離默默遠觀就好。修雷慕斯卡雅夫人算是例外，但就連她，當時我經歷的那種恍惚心境，恐怕也不是一般情慾。說是「情慾」未免太虛無縹緲，倒像是難以捕捉的幻夢奇境。況且對方是完全和我們隔了十萬八千里的外國人，是舞蹈老師，所以和身為日本人又是帝國劇場女演員，而且穿著華麗的綺羅子比起來，相處的確輕鬆多了。

意外的是，綺羅子跳起舞來非常輕盈曼妙。全身輕飄飄如棉絮，雙手之柔軟，宛如初生的嫩葉。而且她非常懂得配合我，即便和我這麼笨拙的人跳舞，也像聰明的駿馬與我極有默契。如此一來那種輕盈本身也有難以形容的快感。我的心頓時興奮雀躍地鼓起勇氣，我的腳自然踩著活潑的舞步，就像坐上旋轉木馬，一圈又一圈流暢地旋轉。

「太愉快了！這真不可思議，真有趣！」

我不禁產生這種念頭。

「哇，你跳得真好，跟你跳舞一點也不會卡住。」

轉呀轉呀轉！如水車般旋轉之際，綺羅子的聲音掠過我的耳邊。溫柔，細微，是綺羅子特有的甜美嗓音……

「哪裡，我沒那麼好吧。是因為妳帶得好。」

「不，我是說真的……」

過了一會，她又說：

「今晚的樂隊很好呢。」

「唔。」

「音樂如果不好，就算跳舞也會很沒勁。」

我忽然發現，綺羅子的朱唇正好在我的太陽穴下方。看來這大概是她的習慣，就像跟才和濱田跳舞時一樣，她的鬢角碰觸我的臉頰。輕飄飄的髮絲撫過……還有不時在我耳邊傾訴的細語……對於長期被悍馬似的 NAOMI 踩在腳下的我而言，那是做夢都想像不到的「女性氣質」的極致。就好像遭到荊棘刺傷的傷口，被親切的手溫柔撫慰……

「我本想拒絕的，可是西洋人沒朋友，如果不同情他一下，未免太可憐了。」

之後 NAOMI 一回到座位，就有點沮喪地辯解。

第十六首華爾滋結束時大概已十一點半了吧。接下來還有幾首額外追加的曲子。NAOMI 說時間已晚不如坐車回去，但我再三勸說，才讓她同意徒步去新橋趕搭末班電車。熊谷和濱田和女士們也陪我們一起走過銀座大街到車站附近。大家的耳邊似乎仍有爵士樂回響，只要有人哼起某段旋律，不分男女都會立刻跟著合唱，不懂音樂的我，對他們的靈巧、絕佳的記性，以及年輕快活的歌聲，不得不感到滿心嫉妒。

「啦、啦、啦啦啦！」

NAOMI用格外高亢的調子打著拍子走路。

「濱先生，你喜歡哪首？我最喜歡《卡門》。」

「噢──《卡門》！」

菊子尖聲嚷嚷。

「那首太棒了！」

「可是我──」

這次是綺羅子接腔，

「我認為《Whispering》也不錯喔。那首很適合跳舞──」

「《蝴蝶夫人》才好吧，我最喜歡那首了。」

濱田說著就立刻用口哨吹出《蝴蝶夫人》的旋律。

在剪票口和他們道別，站在冬夜的寒風吹過的月台上等電車時，我和NAOMI都沒怎麼開口。某種情緒充斥我的心頭，或可稱為曲終人散後的寂寥吧。不過她肯定沒有那種感覺，

「今晚真有意思，改天我們再去吧。」

她如此提議，但我只是意興闌珊地含糊應了一聲。

怎麼？這就是所謂的舞蹈？欺騙母親，夫妻吵架，鬧得雞飛狗跳又哭又笑，最後自己體驗到的舞會，就是如此可笑的東西嗎？他們不過是一群虛榮、馬屁精、自戀狂、矯情小人的烏合之眾吧？

但，既然如此我為何要出門？為了向他們炫耀我的 NAOMI？——若真是如此，那我自己不也是虛榮心作祟。可我如此自豪的寶貝又怎樣？

「怎樣，老兄，你帶著這個女人出門，果真如你所要求，讓世人驚為天人了嗎？」

我不禁在心中如此自嘲。

「老兄，你啊，所謂無知者無懼就是說你這種人。的確，對你而言這個女人想必是無價珍寶。可當你一旦把那個珍寶放到公開的舞台又如何？虛榮與自戀的烏合之眾！你這句話說得好，這群烏合之眾的代表人物不正是這女人嗎？自命不凡，拼命講別人的壞話，在旁人看來最惹人嫌的人，你以為到底是誰？被西洋人誤認為妓女，而且一句簡單的英文都說不出來，唯唯諾諾去陪人家跳舞的，好像不只是菊子小姐一個人喔。還有她那種粗野的說話方式是怎麼回事？好歹也以淑女自居的人，講話那麼粗俗簡直讓人聽不下去，菊子小姐和綺羅子遠比她更有教養吧。」

——這種不愉快，不知該說是悔恨還是失望，有點難以形容的厭惡感，那晚直到回家始終在我心頭縈繞不去。

即便在電車上，我也故意坐在她對面，我想再次好好審視在我面前的NAOMI。我到底是看上這女人的哪一點，讓我迷戀至此地步？是那鼻子？那雙眼睛？——這樣一一細數之下，不可思議的是，向來於我充滿魅力的那張臉，今晚竟顯得異常乏味低俗。這時我的記憶底層，自己第一次見到她時——當時她還在那家鑽石咖啡廳上班——的模樣，朦朧浮現眼前。然而，和如今相比，我更喜歡當時的她。天真無邪、純真無垢、內向、帶點陰鬱，和這個粗俗自大的女人完全不像。我愛上的是當時的NAOMI，因循苟且到今天，但仔細想想，不知不覺她已變成面目可憎的討厭鬼了。看看她那彷彿想強調「我就是最聰明的女人」的矯情坐姿！看看她那彷彿想宣稱「我是天下第一大美女」、「還有哪個女人能像我這麼時髦洋氣」的傲然嘴臉！誰都不知道，唯有我知道，她其實一個英文字都說不出來，連主動語態和被動語態都無法區分……

我悄悄在腦中幻想對她如此破口大罵。此刻她正微微挺胸抬頭，因此從我的座位，正好可以看見她自豪最像西洋人的獅子鼻烏黑的鼻孔，還有那黑洞左右兩側肥厚的鼻肉。如今想來，我和她的鼻孔朝夕相處已經習慣了。每晚我抱著這個女人時，總是從這個角度窺見那黑洞，不久之前甚至還替她擤過鼻涕，愛撫過她鼻翼周圍，有一次，還拿自己的鼻子和這個鼻子緊貼在一起摩挲，所以換言之這個鼻子——附著在這女人臉孔中央的小肉塊，就像我身體的一部分，絲毫不像他人的所有物。但，抱著這種感覺望去，更顯得那鼻子骯髒噁心。人在飢餓的時候經常會抓著難吃的東西狼吞虎嚥。可是等到肚子逐漸飽足，忽然察覺剛才塞進去的東西有多難吃，頓時作嘔反胃很想吐——說穿了，大概就類似那種感覺吧，想到今晚又要面對這個鼻子臉貼著臉睡覺，就像要說「這種東西我已經吃夠了」，忽然有點噁心又倒盡胃口。

「這果然是母親的懲罰。妄想欺騙母親占便宜，絕對不會有好下場。」

我如是想。

但是讀者啊，你們可別看到這裡就猜測我已徹底厭倦NAOMI。不，我自己過去從沒這種感覺，所以一時之間也曾懷疑是否如此，可是回到大森的住處，剩下我倆獨處時，電車中那種「吃撐了」的感覺就逐漸消失了，她的各個部分，無論是眼睛鼻子雙手雙腳，都開始充滿蠱惑，而且那每一樣，對我都成了品味不盡的無上佳餚。

之後，我繼續和她去跳舞，每次她的缺點都令我不快，回程總是對她充滿厭惡。但那種厭惡每次都沒有持續太久，我對她的愛憎，就像貓眼般在一夜之間不斷變幻。

十二

濱田、熊谷及他們的朋友這些主要是因舞會拉近關係的男人，如今開始頻繁出入我們位於大森的冷清住處。

他們來的時候多半是傍晚我下班時，之後大家就開著留聲機跳舞。NAOMI熱情好客，家裡又沒有礙眼的傭人或老人，再加上這裡的畫室用來跳舞正好，因此他們經常來玩得忘記時間。起初多少還有幾分顧忌，到了晚餐時間就會告辭，但NAOMI強硬地挽留他們：「慢著！幹嘛要走！留下來一起吃飯嘛。」最後已經演變成他們每次來就必定會叫「大森亭」的西餐招待。

就在潮濕的梅雨季節某個晚上。濱田與熊谷來訪，過了十一點還在聊天，外面風雨交加，大雨嘩嘩敲打玻璃窗，因此他倆嘴上說著「走吧走吧」卻還是磨蹭半天，

「唉喲，天氣這麼糟，這樣根本走不了，你們今晚就住下來吧。」

NAOMI忽然這麼提議。

「欸，留下來過夜可以吧。——小政當然沒問題吧？」

「嗯，我隨便都可以……如果濱田要走那我也走。」

「濱先生也無所謂啦，對吧，濱先生？」

NAOMI說著窺探我的臉色，

「沒關係，濱先生，用不著客氣，如果是冬天還怕被子不夠，但現在這種天氣

四個人還能湊合。況且明天是星期天，讓治先生也在家，睡到再晚都沒關係。」

「不如就留下過夜吧，這場雨實在太大了。」

我只好也勉強跟著留客。

「好啦，就這麼決定了，這樣明天還可以繼續玩，對了對了，傍晚還可以去花月園。」

最後二人都決定留下。

「蚊帳怎麼辦？」我問。

「蚊帳只有一頂，那就大家一起睡好了。那樣更好玩。」

這種事對她而言或許很稀奇，因此她就像參加校外旅行的小學生，嘰嘰喳喳開心地說。

這點讓我很意外。我本來打算把蚊帳讓給那二人，自己與 NAOMI 點蚊香在畫室的沙發上將就一晚，壓根沒想到四個人會通通睡在一個房間。但 NAOMI 似乎躍躍欲試，那二人看來也不反對……我照例還在猶豫之際，她已迅速拍板決定，

「好，先鋪被子，你們三個也來幫忙。」

她率先站起來發號施令，去閣樓的二坪房間。

我還在想被子要怎麼排列，因為蚊帳很小，不可能四人並排躺。結果決定三人並排躺，剩下一人垂直躺。

「欸，這樣不就好了。你們三個男人躺一排。我自己單獨睡這邊。」她說。

「哎呀，這下子不得了。」

掛起蚊帳後，熊谷望著裡面說。

「這簡直像豬圈，大家擠成一團。」

「擠成一團有甚麼關係，你就別挑三揀四了。」

「哼！來別人家打擾不能挑剔嗎！」

「那當然，反正今晚也不可能真正睡著。」

「我會睡著，我照樣會呼呼大睡喔。」

熊谷咚的一聲重重跺足，穿著和服就率先鑽進蚊帳。

「就算你想睡我也不讓你睡。——濱先生，不准讓小政睡著喔，他如果快睡著了你就搔他癢。——」

「唉——好悶熱，這樣根本不能睡。」

屈膝仰身靠臥在中間那個被窩的熊谷右邊，穿西服的濱田脫得只剩長褲和汗衫，瘦長的身體仰臥，腹部頓時顯得凹陷。他似乎在安靜聆聽窗外的雨聲，一手搭在額上，一手搖動團扇的聲音，聽來更加悶熱。

「況且，如果有女人在，我就無法安心睡覺呢。」

「我是男孩子，不是女人，濱先生不是也說過沒把我當女人。」

蚊帳外的昏暗處，可以看見NAOMI迅速換上睡衣時雪白的背部。

「說是說過啦……」

「……可是如果睡在旁邊，還是會覺得我是女人？」

「嗯，可以這麼說。」

「那麼，小政你呢？」

「我無所謂，妳這丫頭根本不算是女人。」

「我不是女人是甚麼？」

「嗯——妳是海豹吧。」

「哈哈哈，海豹和猴子哪個好？」
「哪個我都不敢領教。」
熊谷故意做出昏昏欲睡的聲音。我睡在熊谷的左手邊，默默傾聽三人東拉西扯地起勁閒聊。等她鑽進蚊帳後，腦袋不是朝濱田那頭就是朝我這頭總得選一邊，這讓我暗自耿耿於懷。因為她的枕頭沒偏向哪一邊，扔在曖昧的位置。我總覺得剛才鋪被子時，她是故意這樣放枕頭，以便待會可以隨便靠哪邊。這時，她換上桃紅色縐綢睡袍，終於鑽進來站著說，
「要關燈嗎？」
「好，妳關掉吧……」
熊谷如此說道。
「那我關掉囉……」
「啊，好痛！」
熊谷這麼叫嚷的同時，NAOMI 已突然跳上他胸口，用男人的身體當凳子，從蚊帳中關掉電燈。

屋內變暗了，可是門口電線桿上的路燈映照在玻璃窗上，所以房間裡朦朦朧朧還能分辨彼此的臉孔和衣服，只見她跨過熊谷的腦袋，跳到自己被窩的那一瞬間，睡衣下襬倏然揚起，一陣風撫過我的鼻子。

「小政，要不要抽根菸？」

她沒有立刻就寢，像男人一樣敞開雙腿坐在枕上，俯視熊谷說。

「喂！把臉轉過來看著我！」

「可惡，看來妳是打定主意不讓我睡覺了。」

「呵呵呵！喂！把臉轉過來！否則我要修理你喔。」

「啊，好痛！住手，住手，我叫妳住手！我可是大活人，好歹該鄭重一點對待我，一下子把我當凳子踩一下子踢我，就算我身體是鐵打的也受不了。」

「呵呵呵！」

我正看著蚊帳的天頂所以不清楚，但她似乎拿腳尖猛推男人的頭，

「真拿妳沒辦法。」

熊谷說著，終於翻過身來。

「小政，你醒了？」
濱田的聲音響起。
「嗯，醒了，因為被人不斷迫害。」
「濱先生，你也把頭轉過來，否則我也要迫害你喔。」
濱田跟著翻身，似乎變成趴著。
同時熊谷從袖子裡找火柴出來的聲音窸窸窣窣響起。接著他擦亮火柴，我的眼皮上方倏然發亮。
「讓治先生，你不如也轉過來吧？一個人在那兒幹嘛？」
「呃，嗯……」
「怎麼了，你睏了？」
「呃，嗯……本來已經有點昏昏沉沉快睡著了……」
「呵呵呵！虧你好意思說，其實你是故意裝睡吧？哪，對不對？你是不是不放心了？」
我被她一語道破，雖然還閉著眼，但我感覺自己已滿臉通紅。

「我沒問題喔，只是這樣鬧一下而已，所以你安心睡覺沒關係……不過如果你真的不放心，不如轉過來看一下？何必勉強忍耐……」

「人家其實也想被妳迫害一下吧。」

說這話的是熊谷，他點燃香菸，嘖嘖有聲地深吸一口。

「我才不要！迫害這種人也沒意思，我每天都已經這樣對待他了。」

「小倆口可真恩愛啊。」

濱田說，但他並非真心這麼說，聽起來只是對我的一種客套話。

「欸，讓治先生——不過，如果你真想被迫害那我可以考慮一下喔。」

「不，夠了。」

「既然夠了就把臉轉向我，你一個人躺在旁邊不加入我們多奇怪啊。」

我只好翻身面對她，把下巴放在枕頭上。只見她屈起膝蓋踩呈外八字的雙腳，一隻在濱田的鼻頭，一隻在我的鼻頭。至於熊谷，把頭伸進那八字之間，正在悠然抽菸。

「讓治先生，這種景象你覺得如何？」

「嗯……」

「嗯是甚麼意思？」

「人家嚇呆了啦，妳簡直像海豹。」

「對，我就是海豹。現在海豹在冰上休息。前面躺著三隻，都是公海豹喔。」

黃綠色的蚊帳彷彿密雲低垂，自頭頂垂落……在黑夜中更顯烏黑的長髮披散，露出她白皙的臉蛋……鬆垮垮的睡袍裸露胸部、手臂、隆起的雙腿……這是她每次用來誘惑我的姿勢之一，每當她擺出這種姿勢，我就會像被餵食的野獸一樣任她擺布。我可以在黑暗中感到，她分明又露出那種挑逗的神情，惡意的雙眼嫣然微笑，一邊定定俯視著我。

「誰說他嚇呆了，胡說八道。我每次一穿睡袍他就受不了，今晚是因為大家都在他才勉強忍住。哪，讓治先生，我說的沒錯吧？」

「妳別胡說了。」

「呵呵呵！你這樣死要面子嘴硬，那我就偏要讓你投降。」

「喂、喂，氣氛有點太曖昧囉，那種話拜託你們明晚再私下說好嗎。」

「贊成！」

濱田也跟著熊谷附和，

「今晚大家要公平待遇才行。」

「我不是很公平嗎？為了讓你不至於心懷不滿，我這隻腳伸到濱先生這邊，另一隻腳在讓治先生這邊——」

「那我呢？」

「小政你最占便宜，離我最近，不是把頭都伸到這種地方了嗎。」

「光榮之至。」

「對呀，我給你特別優待呢。」

「可是，妳該不會打算整晚就這麼坐著吧。睡著的時候怎麼辦？」

「怎麼辦呢，頭該朝哪一邊？朝著濱先生好呢，還是朝著讓治先生？」

「妳的頭無論朝哪一邊，應該都不是甚麼大問題吧。」

「不，不對，小政你在中間所以無所謂，但對我來說卻是大問題。」

「噢？濱先生，那我就頭靠近你那邊好了。」

「所以那正是問題所在，如果妳的頭靠近我這邊我會擔心，可妳如果靠近河合先生那邊，我一樣會不舒坦……」

「更何況這女人的睡相很糟。」

熊谷又插嘴，

「如果不小心點，說不定靠近她腳的那個人半夜會被踢飛喔。」

「你說呢，河合先生？她的睡相真的很糟嗎？」

「對，很糟糕，而且不是普通糟糕。」

「喂，濱田。」

「啊？」

「說不定你睡糊塗了還會舔她腳底。」

熊谷說著哈哈大笑。

「舔我的腳底又怎樣。人家讓治先生經常這樣做，他還說我的腳比臉蛋更可愛呢。」

「那是一種戀物癖吧。」

「本來就是，哪，讓治先生，你說對吧？你其實更喜歡我的腳吧？」

之後她聲稱「必須公平對待」，一下子把腳朝我這邊，一下子朝濱田那邊，每隔五分鐘就在被子上滾來滾去換邊睡。

「好，這次輪到腳在濱先生這邊！」

她說著，就這麼躺著像圓規一樣不停旋轉身體，每次旋轉時兩腳會抬起，踢向蚊帳的天頂，或是把枕頭從那頭丟到這頭。由於這隻海豹太活潑，本就有一半被子露出蚊帳外，這下子蚊帳整個被掀開，幾隻蚊子趁機飛了進來。「要命了，好多蚊子！」熊谷猛然坐起，開始打蚊子。某人踩到蚊帳，把吊鉤扯落了。她在扯落的蚊帳中更加胡亂舞動手腳。修理吊鉤重新掛好蚊帳又費了不少時間。等到這場騷動總算比較平靜下來時，東方天空已開始泛白。

雨聲、風聲、睡在身旁的熊谷的鼾聲……我聽著那些聲音，終於昏昏沉沉有了睡意，可是才瞇一會就醒了。這個房間睡二個人都嫌狹小，而且還有她的肌膚及衣服附著的甜香與汗味如發酵般籠罩。今晚又多了兩個大男人，因此更加熱氣蒸騰，密閉的牆中，彷彿有地震似的，充斥令人窒息的悶熱。熊谷不時翻身，冒汗的手或膝蓋就會黏膩地互相碰觸。至於 NAOMI，她的枕頭在我這邊，一腳放在枕上，一隻膝蓋屈起，腳背伸到我的被子下，脖子歪向濱田，雙手整個張開，饒是活潑好動的她大概也累了，此刻正呼呼大睡。

「我的小 NAOMI……」

我窺探大家平靜的呼吸聲，在口中默念她的名字，輕撫她伸到我被子下的腳。啊——這隻腳，這正在酣睡的雪白玉足，這的確是屬於我的，我從她還是小姑娘時，就每晚讓她泡熱水拿香皂替她清洗這隻腳，還有這柔嫩的皮膚——從十五歲那年到如今，她的身體雖然不斷發育長大，唯獨腳丫子就像沒發育似的依然嬌小可愛。是的，這隻大拇指也一如當初。小指頭的形狀，腳跟的渾圓，肉肉的腳背，一切不都一如當初嗎……我情不自禁輕吻那隻腳的腳背。

天亮後，我本來再次昏昏沉沉入睡，但忽然響起的笑聲把我驚醒，只見 NAOMI 正把搓成細長型的紙捻塞進我鼻孔。

「怎麼，讓治先生，你終於醒了？」

「嗯，幾點了？」

「已經十點半了，可是起來也沒事做，乾脆睡到正午砲聲響起算了。」

雨停了，週日的天空蔚藍如洗，室內依然殘留人們的熱氣。

十三

當時我這種混亂的生活，公司裡想必無人知曉。我的生活清楚劃分為在家時和在公司時。當然辦公時腦中也始終有 NAOMI 的影子閃過，但那並不至於妨礙工作，別人當然更不可能察覺。因此我一直以為，我在同事眼中應該還是個正人君子。

沒想到某日——那是梅雨季尚未過去的某個悶熱夜晚，公司同事波川技師即將奉命出國，大家決定在築地的精養軒替他舉辦送別會。我照例只是礙於人情去露個臉，所以吃完飯，上了甜點後，大家紛紛從餐廳轉戰吸菸室，邊喝餐後酒邊開始閒聊時，我心想可以走了，才剛站起來，

「喂，河合君，你先坐下。」

賊笑著叫住我的，是S這名男子。S已經有點微醺，和T、K及H等人占領一張沙發，硬要把我拖到中央。

「唉呀，你也用不著這麼急著開溜吧，這麼大的雨，你要去甚麼好地方——」

S說著，仰望杵在原地不知所措的我，再次露出賊笑。

「不，不是那樣的……」

「不然你是要直接回家？」

說這話的是H。

「對，不好意思，請容我先告辭了。因為我家在大森，這種天氣路況特別糟，如果不早點走就沒有車子了。」

「哈哈哈，你倒是很會找理由。」

這次是T開口。

「喂，河合君，你已經露餡囉。」

「甚麼？……」

「『露餡』是甚麼意思？我聽不懂T說的話，有點狼狽地反問。

「真沒想到啊，我還以為你是正人君子呢……」

這次輪到K歪著頭像是非常感嘆，

「河合君居然也會去跳舞，時代果真是進步了。」

「喂，河合君。」

S一邊左顧右盼怕人聽見，一邊對我耳語。

「那個，你帶著的美人是甚麼人？改天也給我們介紹一下。」

「不，不是甚麼值得特地介紹的女人啦。」

「可是不是聽說是帝國劇場的女明星嗎？……啊，不是嗎？也有傳聞說是電影女演員，還有人說是個混血女郎，你老實交代她是甚麼來歷，否則今天絕不放你走。」

S沒發現我已露出明顯不悅的神情吞吞吐吐，還起勁地促膝湊近我，非要打破砂鍋問到底。

「欸，如果不跳舞就不能約那女人出場嗎？」

我可能差點就脫口罵「笨蛋」了。我還以為公司尚無人發現，沒想到不僅被發現了，從S這個出名的花花公子的口吻推測，他們甚至不相信我們是夫妻，一心認定NAOMI是那種可以叫出場的女人。

「笨蛋！你對別人的老婆說甚麼『叫出場』！講話客氣一點好嗎！」

對這種難以忍受的侮辱，我當然差點怒髮衝冠地罵他一頓。不，我的確已在短暫的瞬間變了臉。

「喂，河合，你就告訴我們嘛，講真的啦！」

他們看準了我脾氣好，簡直無恥得沒底線，H這樣說後，扭頭對K說：

「欸，老K，你是從哪聽來的——」

「我是聽慶應的學生說的。」

「哼，他們怎麼說？」

「我有個親戚，瘋狂愛跳舞所以經常出入舞場，他認識那個美人。」

「喂，美人叫甚麼名字？」

T從旁探頭插嘴。

「名字叫……呃……我記得名字很特別……娜歐咪……好像叫做娜歐咪吧。」

「娜歐咪？……那果然是混血兒囉。」

S說著，嘲諷地湊近我的臉，

「既然是混血兒，那她應該不是女演員吧？」

「聽說那女的是個交際花喔。她好像到處招惹慶應的學生。」

我本來臉上一直掛著痙攣般的怪異淺笑，只能不停顫動嘴角，但K說到這裡時，我的淺笑彷彿倏然凍結，僵在臉上無法動彈，眼珠子似乎猛然陷進眼窩深處。

「哼、哼，那倒是有意思！」

S非常愉悅地說。

「那你那個在慶應念書的親戚，也跟她有一腿嗎？」

「不，那我就不知道了，不過聽說他的同學當中有兩、三人都跟那女人關係匪淺。」

「別說了，別說了，這樣河合會擔心。——看吧，看吧，他都那種臉色了。」

T這麼一說，大家一齊仰頭看著我笑了。

「沒事，就算讓他擔心一下也無所謂。誰叫他瞞著我們想霸占那樣的美人兒吃獨食。」

「哈哈哈！怎麼樣，河合君，君子偶爾擔心一下下半身問題也無妨吧？」

「哈哈哈！」

我已經無暇顧及生氣了。誰說了甚麼我通通聽不見。只有他們的哄笑聲在我雙耳嗡嗡響。一時之間我唯一的念頭就是該怎樣才能熬過這個場面？我到底該哭，還是該笑——但，如果一不留神說了甚麼，說不定會被嘲弄得更厲害。

總之我就這樣魂不守舍地衝出吸菸室。之後直到冒著冷雨站在泥濘的街頭，雙腳始終輕飄飄不著地。彷彿有甚麼東西一路追來，我只能不斷朝銀座的方向倉皇逃去。

來到尾張町左邊的十字路口，我朝新橋的方向走去……或者該說，是我的雙腳無意識地和腦袋分了家，逕自朝那個方向走。雨水濡濕的路面晶亮反射的街頭燈火映入眼簾。雖然天氣這麼惡劣，路上好像還是有不少人。啊，有藝妓撐傘走過，年輕女孩穿著法蘭絨走過，電車行駛，汽車奔馳……

……NAOMI 是個交際花，到處招惹學生？……那種事有可能嗎？有可能，的確有可能，若看她最近的樣子，不這麼想才奇怪。其實我自己也早有所覺，但她身邊圍繞的異性朋友太多，反而讓我安下心來。她是個孩子，而且個性活潑。正如她自己所說，「是個男孩子」。所以她只是喜歡召集大批男人，天真無邪熱熱鬧鬧地和大家嬉鬧罷了。就算她真有出軌的念頭，當著這麼多人的面，也不可能偷情，她難不成還能……對，就是這種「難不成」的想法有問題。

但難不成……難不成這並非事實？她的確變得傲慢自大，但她是個自尊心很強的女人。我很清楚這點。她表面上雖然有時瞧不起我，但對於從她十五歲就撫養她的我，她始終很感恩。她在枕邊也屢屢含淚說過，絕對不會辜負我的恩情，我無法懷疑她說的這句話。那個K說的——說不定，是公司那些不懷好意的傢伙故意捉弄我？但願真是如此就好……K說的那個還在念書的親戚到底是誰？光是那個學生知道的就有兩、三人和NAOMI有染？兩、三人？……濱田？熊谷？……若說可疑這二人最可疑，可是，若真是那樣，那他倆為什麼不會吵架？他們從來不會各自來訪，總是一起出現，和NAOMI三人玩得那麼開心到底是何心態？難道那是矇騙我的手段？是她敷衍得好，所以他倆彼此都被蒙在鼓裡？不，最重要的是，她真的已墮落到那種地步了嗎？如果她和那二人都有染，那麼像上次那晚四人一起睡覺那麼厚顏無恥的行為，她真的做得出來嗎？若這是真的，她簡直比娼妓還下流……

不知不覺我已走過新橋，沿著芝口大路踩著滿地泥濘一直走到金杉橋那邊。大雨毫無縫隙地籠罩天地，從前後左右包圍我的身體，雨傘落下的雨滴浸濕風衣肩頭。啊——四人一起打地鋪那晚也是這樣的大雨。在那家鑽石咖啡廳的桌前初次向NAOMI表白心跡的晚上，雖是春天但同樣也下著這樣的大雨。我如此想到。這時，我忽然浮現懷疑——今晚當我這樣濕淋淋地走在此地時，大森的家中該不會有誰來了吧？該不會又大家一起打地鋪？濱田和熊谷把NAOMI夾在中間，吊兒郎當地歪坐著，三人在畫室膩在一起互開玩笑的淫靡情景，歷歷如在眼前。

「對了，現在不是拖拖拉拉的時候。」

這麼一想，我急忙趕往田町車站。一分鐘、二分鐘、三分鐘……等到第三分鐘時電車終於來了，我從未經歷過如此漫長的三分鐘。

NAOMI、NAOMI！今晚我為何丟下她自己出門呢？她必須在我身邊才行，那才是最大的錯誤。——只要能看見她，此刻焦躁的心情似乎就能得到幾分救贖。我在心中祈求，只要聽見她開朗的說話聲，看到她無辜的雙眸，我的懷疑應該就能煙消雲散。

然而話說回來，萬一她再次提議大家一起睡，我該說甚麼才好？今後我對她，以及接近她的濱田與熊谷，乃至其他無數人，我又該採取甚麼態度？我該不惜惹惱她也要毅然嚴格監視她嗎？如果她肯乖乖主動順從還好，萬一她反抗我怎麼辦？不，不會有那種事。如果我說「今晚我受到公司那些傢伙的嚴重侮辱。所以妳也要行為檢點一些，以免遭到世人誤解」，這和其他場合不同，就算是為了她自己的清譽，她想必也會聽話吧。如果她連自己的名譽遭到誤解都不在乎，那就證明她的確有問題，K說的是事實。如果……唉——如果真有那種事……

我努力保持冷靜，盡量讓心情鎮定，想像最糟的情況。如果證明了她的確在欺騙我，那我還能原諒她嗎？——老實說，沒有她我已經連一天都活不下去了。如果她墮落了那我當然也有一半責任，所以只要她肯老老實實對我道歉並且痛改前非，我並不想繼續苛責她，也沒資格苛責她。但我擔心的是，以她的倔強，尤其對我特別強硬的脾氣，哪怕我真的把證據放到她面前，她八成也不會輕易對我低頭認錯。

就算她暫時道歉了，恐怕也絲毫沒有悔改，完全沒把我放在眼裡，還會一而再再而三地重蹈覆轍？最後，萬一我們都賭氣不肯讓步，導致就此分手怎麼辦？——那對我而言比甚麼都可怕。說得露骨一點，比起她的貞操，這個問題更令我頭痛。就算我審問她或監視她，也必須先決定自己到時要採取甚麼立場。萬一她說「既然這樣那我走就是了」，我要是有那個覺悟敢說「要走隨便妳」就好了……

不過，關於這點，我知道她也有同樣的弱點。因為她只有跟我一起生活才能盡情揮霍，一旦被趕出去，除了千束町那個寒酸的娘家之外，哪還有地方能收留她。屆時，除了真的去當妓女，想必無人再捧著她討好她。以前她好歹是被我寵著任性長大的，以她如今的虛榮心，肯定無法忍受那種下場。或者濱田和熊谷也許會開口接納她，但他們還是學生，她應該也明白，他們無法提供我給她的那種榮華富貴。這麼一想，我讓她嘗到奢華滋味倒是一件好事了。

對了，說到這裡，記得有一次上英語課時她把筆記本撕破，我當時氣得叫她滾，她不就立刻投降了嗎？當時她如果真的走了，我不知會多麼困擾，但比起我的困擾，她會更困擾。是因為有我才有現在的她，如果她離開我就完了，肯定會再次淪落到社會最底層。那對她而言肯定比甚麼都可怕。那種恐懼如今也和當時毫無改變。她今年已經十九了。隨著長大，好歹也稍微懂事了，所以她想必更能清楚體認到那點。若真是這樣，那麼就算她放話要離開我，恐怕也不可能當真實行。那麼假的威脅能不能嚇到我，她起碼也知道吧……

在我抵達大森車站前，已找回了一點勇氣。不管發生任何事，她與我都不可能走上分手的命運，唯獨這點我很確定。

來到家門前，我可怕的想像完全落空，畫室裡一片漆黑，似乎沒有任何客人，靜悄悄的，只有閣樓的二坪房間亮著燈。

「啊——她一個人看家啊——」

我暗自撫胸慶幸。「這樣就好，真是太幸福了。」我不得不這麼感到。

我拿鑰匙打開上鎖的玄關門，進去後就立刻打開畫室的燈。一看之下，室內和平時一樣凌亂，果然沒有客人來過的跡象。

「小 NAOMI，我回來了……我回來囉……」

我喊了半天也沒回音，於是上樓一看，只見她一個人躺在房間安然沉睡。這種情形對她而言並不少見，她只要無聊時，不管白天或晚上也不分幾點，照樣鑽進被窩看小說，往往看到一半就這麼睡著了，因此看著她那無辜的睡臉，我越發安心了。

「這個女人在騙我？會有那種事嗎？……就是這個現在在我眼前安詳呼吸的女人？……」

我悄悄不吵醒她地坐在枕邊，屏息望著她的睡臉片刻。古時候據說曾有狐狸精化身為美麗的公主欺騙男人，但狐狸睡著時露出真身，被剝下畫皮——我忽然想起小時候聽過的這個童話故事。睡相很差的 NAOMI，已經徹底扯下睡衣，把衣襟夾在兩腿之間，一手屈肘，指尖如彎曲的樹枝，放在連乳房都裸露出來的胸脯上。另一隻手伸長，正好放在我坐的膝蓋附近。她的腦袋側向伸長的那隻手，似乎隨時會從枕頭滑落。鼻頭前面有一本書翻開。那是在她口中「當今文壇最偉大的作家」有島武郎[8]寫的《該隱的末裔》這本小說。我的視線，輪流落在那平裝本的純白西洋

8 有島武郎（一八七八—一九二三），日本近代著名作家，白樺派代表人物之一。其作品既貫穿對人類之愛，鼓舞人為愛與理想生存，卻也同時感嘆人生的虛無。

紙及她胸脯的雪白上。

她的膚色會因日光變化有時偏黃有時雪白，熟睡時和剛睡醒時，總是非常白淨發亮。彷彿在她睡著時，完全褪去全身的油垢，變得格外美麗。通常說到「夜晚」總會想到「黑暗」，可我每次想到「夜晚」就不由自主聯想她膚色的「雪白」。那和正午毫無陰影的明亮的「白」不同，是骯髒、汙穢、沾滿油垢的被窩中，堪稱被襤褸包裹的「白」，正因如此反而格外吸引我。這樣定睛打量，她藏在燈罩陰影中的胸部，彷彿碧藍水底的某種事物，鮮明地浮現水面。清醒時那麼快活、變化多端的神情，此刻憂鬱地皺起眉頭彷彿被灌下苦藥，又好似被勒緊脖子的人，有種神祕的表情，我很喜歡她這種睡顏。「妳睡著了就會露出判若兩人的表情呢，好像正在做可怕的噩夢」——我經常這麼說。也屢屢在想，「如此看來，她死去時的遺容肯定會更美」。就算她是狐狸精，只要她的真身如此妖豔，我毋寧會欣然期盼被她魅惑。

我大概這樣默默靜坐了三十分鐘。她從燈罩陰影伸到光線下的手，手背朝下，手心朝上，如初綻的花瓣般柔軟蜷起，可以清楚看出手腕上的脈搏平靜跳動。

「你甚麼時候回來的？……」

正覺得她平穩重複的呼吸聲有點亂了節拍，她已睜開雙眼。那種憂鬱的表情還隱約殘留……

「剛剛……不久之前。」

「怎麼不叫我起來？」

「我叫妳了但妳沒醒，所以我就讓妳繼續睡了。」

「你坐在這裡做甚麼？——看我睡覺的樣子？」

「對。」

「噗！你這人真好笑！」

她說著像小孩一樣純真地笑了，伸長的手放到我膝上。

「我今晚一個人好無聊。本以為會有人來，結果都沒人來玩……欸，把拔，你還不睡？」

「要睡也行……」

「好啦，睡吧！……我剛剛躺著就睡著了，結果到處都被蚊子咬。你看，被咬出這麼多包！這裡幫我抓抓癢！」

我依她所言，替她的手臂和後背抓了一會。

「啊——謝謝，癢得要命真是受不了。——不好意思，幫我把那件睡衣拿來好嗎？然後替我穿上好不好？」

我取來睡袍，抱起她成大字型躺臥的身體。我解開腰帶替她換衣服之際，她故意渾身軟綿綿，像屍體一樣手腳無力。

「把蚊帳掛起來，然後把拔也早點睡吧——」

十四

這晚我倆的枕邊細語，自然毋庸贅述。聽我講了精養軒那件事後，「天啊，真無禮！這些混蛋傢伙太無知了！」她臭罵兩句便一笑置之。簡而言之世人還不理解社交舞的意義。只要看到一男一女手牽手跳舞，就會猜測他們之間有不正當的關係，立刻傳出這種流言蜚語。對新時代的流行反感的報紙，也會胡亂寫報導中傷，因此一般人一聽到跳舞就認定那是不健全的壞事。我們不得不對那種批評有所覺悟——

「況且我可從來沒和你之外的男人單獨相處過喔。——欸，你說對不對？」

去跳舞時有我同行，在家玩時我也在場，就算我不在家，也不會只有一個客人。如果客人獨自上門，她只要說聲「今天我一個人在家」，對方通常就會識相地離去。她的朋友之中沒有那麼不懂規矩的男人。——她如是說。

「我就算再怎麼任性，起碼分得清好歹。如果我想騙你當然騙得成，但我絕對不會做那種事。我真的是光明正大喔，沒有任何事隱瞞你。」她說。

「這個我也知道，我只是說，被人那樣講讓我很不愉快。」

「你心情不愉快要我怎樣？難不成你不准我再去跳舞？」

「我不會禁止妳跳舞，我只是勸妳注意言行舉止，盡量不要惹人誤會。」

「我不就是像你講的這樣很注意言行舉止地與人來往嗎？」

「所以並不是我誤會妳。」

「只要你沒誤會我，外面那些人說甚麼我都不怕。反正我本就粗魯又毒舌，被大家討厭——」

然後她用感傷又甜蜜的口吻反覆強調，只要我肯相信她、愛她就夠了，她的舉止不像女人因此自然會有很多男性朋友，因為她比較喜歡男人的直爽作風，所以才會整天和他們一起玩，但她絕對沒有任何涉及愛情或色慾的不軌念頭云云。最後她照例又搬出「我從未忘記你從我十五歲就撫養我的恩情」或「我把讓治先生當成父親也當成丈夫」這些說詞，哭得滿面淚痕，再讓我替她擦去眼淚，或者拼命親吻我。

但她雖然講了那麼多話，奇妙的是，不知是故意還是偶然，她始終沒提及濱田與熊谷的名字。我本來很想故意提這二個名字看看她的臉上會出現甚麼反應，可是終究沒找到機會開口。當然我對她的說法並非全盤相信，但真要懷疑的話任何事都能懷疑，況且也沒必要連過去的事都翻舊帳一一追究，我想只要今後提高警覺好好監視她就行了……不，其實我起初本來打算態度更強硬，可我逐漸被迫採取那種曖昧態度。而且在她的眼淚與熱吻中，聽著啜泣聲夾雜的囁語，雖然拿不定主意她是否在哄騙我，可我還是漸漸覺得她說的是真的。

發生這種事之後，我開始留意她的樣子，但她似乎慢慢極為自然地改變原先的態度。雖然還是會去跳舞，卻不像過去那麼頻繁，就算去了也不會一直跳，開始懂得適可而止。客人也不再頻頻上門。我下班回來，總是看到她乖巧地獨自看家，不是看小說就是打毛線，或者安靜地聽唱片，去花壇種花。

「今天妳也一個人看家？」

「對，就我一個人，沒有任何人來過。」

「那妳不會覺得寂寞嗎？」

「如果一開始就確定會獨自看家，就沒甚麼好寂寞的，我不在乎。」

她說，

「雖然我喜歡熱鬧，但也不討厭寂寞喔。小時候我一個朋友也沒有，永遠都是自己一個人玩。」

「啊，被妳這麼一說的確是呢。以前妳在鑽石咖啡廳也很少和同事講話，看起來甚至有點陰沉。」

「是啊，雖然我看起來像瘋婆子，其實個性很陰鬱喔。——陰鬱不行嗎？」

「文靜沒關係，陰鬱就有點傷腦筋了。」

「可是總比像之前那樣一直胡鬧好吧？」

「或許是好一點吧。」

「我變成乖孩子了對吧？」

然後她突然撲向我，雙手摟著我脖子，悲傷又激情地親吻我，甚至吻得我頭暈眼花。

「怎麼樣，好一陣子沒去跳舞了，今晚去看看吧？」

即便我主動邀約，她也只是鬱鬱寡歡地含糊說「我都可以——如果讓治先生想去的話……」

而且她也經常說「不如去看電影吧，今晚我不想跳舞。」

四、五年前那種單純快樂的生活，又回到我倆之間。我們過著甜蜜的二人世界，每晚去淺草，看完電影就找個餐廳吃晚飯，訴說著，「當時是這樣的」或「曾經那樣」，互相談論懷念的往事，沉緬於回憶中。「妳的個子小，當時還坐在帝國館的橫木上，抓著我的肩膀看螢幕呢。」我如果這麼說，「讓治先生剛來咖啡廳時，板著臉悶不吭聲，從遠處猛盯著我的臉看，讓我覺得好恐怖。」她說。

「對了，把拔最近都沒有幫我洗澡耶，當時你不是天天都幫我洗澡？」

「啊，對對對，好像的確有過那回事。」

「甚麼『好像』，你以後都不幫我洗了？因為我長這麼大了，所以你討厭幫我洗了？」

「怎麼可能討厭，現在還是想幫妳洗澡，只是我不好意思。」

「真的？那你幫我洗，我要重新當寶寶。」

這樣的對話後，正好又到了夏天沖涼的季節，於是我又把丟在儲藏室角落的西洋浴缸搬到畫室，開始替她洗澡。「大寶寶」——以前我曾這麼喊她，但四年後的現在，她那豐腴的身體往浴缸中一躺，已經徹底長大成了道地的「大人」了。濃密的秀髮一解開髮髻就像烏雲般披散開來，豐腴的肉體在各處關節形成小肉窩。而她的肩膀更添厚度，胸部和臀部也帶有堅挺的彈性，優雅的雙腿在蕩漾的水波之間更顯修長。

「讓治先生，我是不是長高了？」

「對，妳長高了。最近好像已經和我的個頭差不多高了。」
「我很快就會長得比你還高。上次量體重我有五十三公斤呢。」
「太驚人了，我還不到六十公斤呢。」
「可是讓治先生個子這麼矮，怎麼會比我還重？」
「我當然比妳重，就算個子矮，男人的骨架還是比女人結實。」
「那你現在還有勇氣當馬讓我騎嗎？——以前我剛來時你不是經常這樣做。你忘啦？我騎在你背上，拿手絹兒當韁繩，一邊嚷著馬兒快跑，一邊在屋內讓你馱著跑來跑去——」
「嗯，那時妳很輕，大概只有四十五公斤吧。」
「如果是現在，你肯定會被我壓扁。」
「怎麼可能壓扁。不信的話妳坐上來試試。」
有時我倆這樣開玩笑，最後又像以前一樣玩起騎馬遊戲。
「好，我變成馬囉。」
我說著，趴在地上，她重重往我背上一坐，五十三公斤的重量壓在我身上，讓

我咬住手絹做的轠繩，

「哇，這匹馬怎麼這麼矮小站都站不穩啊！給我打起精神！快跑快跑！」

她叫喊著，一邊很好玩似的拿腳勒緊我的腹部，不停拉扯轠繩。我拼命用力撐住免得被她壓垮，汗流浹背地繞著屋子爬。而她總是直到我累垮才肯停止這種惡作劇。

「讓治先生，今年夏天去久違的鎌倉吧？」

到了八月，她忽然說。

「我們後來都一直沒去過，我想去看看。」

「原來如此，被妳這麼一說的確很久沒去了。」

「對呀，所以今年就去鎌倉吧，那是我們的紀念之地。」

NAOMI 這句話，不知讓我多麼歡喜。正如她所言，我們的蜜月旅行（算是吧？）——去的就是鎌倉。對我們而言，鎌倉應該是最具有紀念意義的地方了。後來每年都去別的地方避暑，完全忘了鎌倉，現在被她這麼一說，我覺得這個主意真是太棒了。

「走吧，就去那裡！」

我說，不假思索立刻贊成。

既然決定了，打鐵趁熱，我立刻向公司請了十天休假，把大森的房子門窗關好，二人就在月初前往鎌倉。至於住宿，我租了從長谷街往御用邸方向那條路上，植惣這家盆栽店的偏屋。

起初，我想這次總不能又住金波樓，本來打算訂個好一點的旅館，後來之所以改變主意租房子，是因為她說「從杉崎女士那裡聽到一個好消息」主動提起這家盆栽店的偏屋。據她表示，住旅館不划算，又要在意周遭眼光，還是租整間屋子最好。幸運的是，杉崎女士那個擔任東洋石油公司主管的親戚租了一間房子沒使用，據說可以轉租給我們，那樣豈不是更好。那個主管，在六、七、八三個月期間以五百圓的價格租下房子，結果七月倒是整個月都待在那裡，但是已經在鎌倉待膩了，所以現在如果有人想租，他很樂於轉租。而且還說若是杉崎女士介紹的，房租給不給都不打緊……如是云云。

「哪，上哪找這麼好的事，我們趕緊租下吧。住那裡的話也不用花太多錢，這個月都可以待在當地呢。」她說。

「可是我還得上班，不可能出去玩那麼久。」

「若是在鎌倉，你可以每天搭火車通勤嘛，去嘛，好不好？」

「可是還沒看過房子，也不知妳會不會喜歡……」

「那好，我明天就去看房子，如果我看了滿意可以當場決定租下來嗎？」

「決定租下來沒關係，但是不給房租也過意不去，所以這點還得先跟人家商量……」

「這個我知道啦。你大概很忙，所以如果我看中意了就去找杉崎老師，拜託對方收下房租。我想恐怕得給個一百或一百五十圓吧……」

就這樣，她自己迅速拍板定案，房租最後雙方談妥是一百圓，錢也由她負責交給人家了。

我本來還有點擔心，但實際去了一看，房子比我想像的好多了。雖說是出租屋，卻是獨立於主屋之外的獨棟平房，除了四坪和二坪房間外，還有玄關、浴室和廚房，出入口也是獨立的，可以從院子直接走到馬路，不必和盆栽店的人碰面，這樣的話，的確等於我倆在此建立新家。我在久違的純日式嶄新榻榻米坐下，在長火盆前盤起腿，伸個懶腰。

「嗯，這裡好，感覺非常悠閒。」

「這房子不錯吧？和大森比起來哪個好？」

「這裡感覺更自在，如果是這裡，好像待上多久都沒問題。」

「你看吧，所以我才說要租下這裡。」

她說著得意洋洋。

某天——大概是我們來到此地的三天後吧，我倆下午去游泳，游了一小時後，正躺在沙灘上，

「NAOMI！」

忽然有人從我們的臉孔上方喊道。

定睛一看，是熊谷。他似乎剛從海裡上來，濕淋淋的泳衣緊貼胸部，沿著他毛髮濃密的小腿滴滴答答往下滴水。

「咦，小政，你幾時來的？」

「今天來的——我就覺得是妳，果然沒看錯。」

熊谷說著朝海上舉起手大喊：「喂——」

海那邊也有人回了一聲「喂——」

「誰啊？誰在那邊游泳？」

「是濱田——濱田和關還有中村，我們四個今天來的。」

「哇，那可熱鬧了，你們住在哪家旅館？」

「嗐！我們哪有那麼多錢。天氣熱得受不了，只是出來玩玩當天就得回去。」

NAOMI 和他交談之際，濱田也上岸了。

「嗨，好久不見！好一陣子沒見面了——你是怎麼了，河合先生，最近都沒看到你去跳舞。」

「不是我不去，是 NAOMI 說已經玩膩了。」

「這樣啊，那她太過分了。——你們甚麼時候來的？」

「也就是兩、三天前才來的，我們現在租下長谷某家盆栽店的偏屋暫住。」

「那房子真的很好喔，透過杉崎老師的介紹，我們租下這個月一整個月。」

「你們可真是風雅。」熊谷說。

「那你們暫時都會待在這裡囉？」

濱田說，

「不過鎌倉也有舞廳喔。今晚在海濱飯店就有一場，如果有舞伴，我正想去湊湊熱鬧呢。」

「我才不去。」

NAOMI二話不說就拒絕，

「這麼熱的天氣誰要跳舞啊，還是等天氣涼快之後再去吧。」

「說的也是，夏天的確不適合跳舞。」

濱田說著，站在原地有點手足無措，

「喂，小政，你看怎樣——要再去游一趟嗎？」

「不要，我累了，我要回去了。待會過去休息一下，等我們回到東京天都黑了。」

「你說待會過去休息，是要去哪裡？」

NAOMI問濱田。

「有甚麼好玩的事嗎？」

「沒甚麼，闊的叔叔在扇谷有棟別墅。今天大家本來都被拉去那裡，說要請我們吃飯，可是感覺太拘束了，我們打算不吃飯就落跑。」

「噢？真有那麼拘束嗎？」

「簡直悶死了，連女傭出來都規矩地伏身磕頭，受不了。那樣就算有美食供應我也嚥不下去。——欸，濱田，我們走吧，回去再在東京吃點東西。」

熊谷嘴上雖然這麼說，卻沒有立刻站起來，依然伸長雙腿懶洋洋癱坐在沙灘，抓起沙子撒在膝蓋上。

「我看這樣吧，不如和我們一起吃晚餐？難得來這一趟——」

NAOMI和濱田、熊谷一齊陷入沉默，讓我覺得如果不這樣說好像會很尷尬。

十五

那晚，我們很久沒這麼熱鬧地吃晚餐了。除了濱田和熊谷，之後關和中村也來了，主客六人在偏屋的四坪和室圍著矮桌，一直聊到十點左右。起先我很怕這群人又大鬧我們這次的住處，不過偶爾這樣見一面，他們活力充沛、爽朗不拘小節的年輕本色，倒也讓人有點愉快。NAOMI 的態度也是，有種不誘人的可愛、不輕浮的湊趣方式和待客舉止，非常理想。

「今晚真有意思，偶爾和他們見面也不錯。」

我和 NAOMI 把搭乘末班車回東京的他們送到火車站，之後攜手在夏夜的路上邊走邊聊。這是個星光燦爛，海風涼爽的夜晚。

「是嗎，真有那麼有趣？」

聽她的語氣似乎也很高興我心情不錯。接著她想了一下說：

「那群人，如果好好來往，其實也不是甚麼壞人。」

「對，的確不是壞人。」

「不過，他們會不會改天又跑來？關先生的叔叔在此地有別墅，所以不是說今後也會三不五時帶他們來嗎？」

「那又怎樣？應該不至於那麼頻繁來打擾我們吧……」

「偶爾一次無所謂，如果常來就很煩了。如果下次他們再來，你最好不要太熱情招待他們。如果不請他們吃飯，他們大概就會自己離開了。」

「可是，人家如果來了總不能趕走吧……」

「誰說不行，我會說『你們這些電燈泡快滾』，直接把他們趕出去。──不能那樣說嗎？」

「哼，到時候妳又會被熊谷嘲笑喔。」

「就算被他嘲笑又怎樣。人家難得來鐮倉度假，誰叫他們非要跑來當電燈泡──」

我倆已走到黑暗的松樹樹蔭，她說著悄然駐足。

「讓治先生。」

當我理解那甜蜜、細微、如泣如訴的聲音代表甚麼意思後，我默默伸出雙手將她摟進懷中。一邊品味著彷彿大口吞下一滴海水時，那麼激情用力的嘴唇……

人影。

之後，十天的假期轉眼逝去，我們依然幸福。而且按照最初的計畫，我每天從鎌倉通勤上班。曾說會「不時來訪」的那群人，只在一週後來過一次，便再也不見人影。

結果，到了那個月的月底，我因為臨時必須查資料，不得不晚歸。平時我大抵都是七點回來，和她一起吃晚飯，現在卻得在公司加班到九點，等我回到住處通常已過了十一點——而且我預計得這樣連續加班五、六天，這天正好是第四天。這晚，我本來也要待到九點，但工作提早解決，八點左右就離開公司。我一如往常從大井町搭乘省線電車到橫濱，再轉乘火車，在鎌倉下車時，大概還不到十點吧。最近每晚——其實僅僅只有三、四天——都這麼晚歸，因此我很想早點回去見她，好好安心吃頓晚餐，因為比平時更歸心似箭，於是我從火車站前直接在御用邸旁的路上坐人力車回去。

炎炎夏日在公司工作了一整天，之後又趕火車回來，此刻海岸的夜晚空氣有種難以形容的柔軟清新的觸感。而且這天傍晚曾下過一陣驟雨（這當然並非今晚才有的現象），因此潮濕的草葉，帶著露珠的松枝，乃至靜謐升起的水蒸氣，都讓我感到一種悄然瀰漫的沉靜香氣。即便在夜色中也能看到路上處處有水窪發光，但沙地路面已乾爽得不會揚起塵埃，車夫跑過的腳步聲，就像踩在天鵝絨上，輕盈、沉靜地落在地面。某處看似別墅的房子，從樹籬內傳來留聲機的音樂，偶爾有一、兩個穿白底浴衣的人影在附近徘徊，讓人感到自己的確來到避暑地。

我在後門口打發了人力車，從院子走向偏屋和室的簷廊。我以為 NAOMI 聽到我的腳步聲會立刻拉開簷廊的紙門出來，但屋內雖然燈火通明，卻沒有她的動靜，一片死寂。

「小 NAOMI……」

我連喊了兩、三聲都沒回應，於是走上簷廊拉開紙門，只見室內空蕩蕩。泳衣、毛巾、浴衣之類的東西，隨手搭在牆上、屏風、壁龕各處，茶具、菸灰缸、坐墊也扔得滿地，看來一如往常凌亂，但雖然凌亂，卻有種毫無人氣的死寂——我憑著戀人特有的感覺當下察覺，這裡有種絕非人剛離開的安靜。

「她到哪去了……想必已經出門兩、三個小時了……」

即便如此，我還是去廁所和浴室看了一下，甚至還特地走下廚房，打開流理台的燈。結果映入我眼簾的，是似乎有人大吃大喝後留下的一升裝正宗清酒的酒瓶和西餐的殘骸。對了，我這才想到菸灰缸裡也堆滿菸蒂。肯定是那群人又來了……

「老闆娘，NAOMI 好像不在，妳知道她上哪去了嗎？」

我跑去主屋，問盆栽店的老闆娘。

「噢，你說小姐啊——」

老闆娘總是喊 NAOMI「小姐」。雖然是夫妻，但 NAOMI 希望外人單純把我們視為同居情侶或未婚夫妻，所以如果不這麼喊她就會很不高興。

「小姐傍晚回來過，吃完飯之後，又和大家一起出門了。」

「妳說的『大家』是誰？」

「這個……」

老闆娘說著有點欲言又止，

「就是和那個熊谷家的少爺他們一起……」

老闆娘只知道熊谷一個人的名字嗎？她稱呼他「熊谷家的少爺」讓我感到很不

可思議，不過現在我無暇追問那個。

「妳說她傍晚回來過，那她白天也和大家在一起？」

「中午過後，小姐一個人去游泳，後來就和熊谷家的少爺一起回來了……」

「和熊谷君單獨回來？」

「呃……」

其實這時我本來還沒那麼慌張，但老闆娘說話似乎有點難以啟齒，她臉上的為難越來越明顯，讓我也逐漸感到不安。我雖不願被這個老闆娘看穿心事，卻不得不流露急躁的口吻。

「那怎麼著，根本不是大家一起嘛！」

「呃，當時就他們二人，說是今天飯店白天有舞會，所以去跳舞了……」

「後來呢？」

「後來到了傍晚，就一群人一起回來了。」

「晚餐是大家一起在我家吃的吧？」

「呃，聽起來好像是很熱鬧……」

老闆娘說著一邊窺視我的眼色，一邊苦笑。

「吃完晚餐又出門時，大約是幾點？」

「這個嘛，大約是八點左右吧……」

「那都已經二個小時了。」

我不禁脫口而出。

「難不成又去飯店了？老闆娘，妳沒聽他們提起甚麼嗎？」

「我不太清楚，也許在別墅那邊吧……」

原來如此，被她這麼一說，我頓時想起關的叔叔有間別墅就在扇谷。

「啊，去別墅了嗎？那我現在就去接她，別墅在哪裡妳知道嗎？」

「呃，就在那邊的長谷海岸……」

「啊？長谷？我怎麼聽說是在扇谷……那個，不好意思，我說的那人，今晚有沒有來我不知道，是NAOMI的朋友，一個姓關的男人，據說是他叔叔的別墅……」

我這麼一說，老闆娘的臉上似乎倏然閃過一絲驚愕。

「不是那間別墅嗎？……」

「呃……這個……」

「妳說位於長谷海岸的，到底是誰的別墅？」

「呃——是熊谷少爺的親戚的……」

「熊谷君的？……」

我突然臉色鐵青。

老闆娘說，從火車站左轉長谷街走到底，沿著海濱飯店前那條路一直走。那條路自然會通往海岸邊。位於那邊上角落的大久保別墅，就是熊谷少爺的親戚名下的房子——可我第一次聽說。NAOMI 和熊谷之前對這回事壓根沒有提起半個字。

「NAOMI 經常去那間別墅嗎？」

「呃，我也不清楚……」

雖說如此，但老闆娘慌慌張張閃爍其詞的模樣，並未逃過我的法眼。

「不過，今晚當然不是第一次了吧？」

我的呼吸不由越來越急促，自己也無法遏制聲音的顫抖。或許是被我的暴怒嚇到了，老闆娘也臉色發青。

「放心，我不會給妳惹麻煩的，妳儘管告訴我沒關係。昨晚呢？昨晚她也出去了嗎？」

「呃……昨晚好像也出去了……」

「那，前天晚上呢？」

「呃。」

「也出去了吧？」

「嗳。」

「再前一晚呢？」

「呃，再前一晚也是……」

「自從我開始加班晚歸後，她就每晚都出門吧？」

「呃……我也記不清楚了……」

「那她每次大概都是幾點回來的？」

「大概幾點啊……好像是快十一點的時候吧……」

這麼說來他倆打從一開始就在騙我！難怪她吵著要來鎌倉！

——我的腦子如暴風開始急速迴轉，我的記憶以超高速將她這段期間的言行舉止一一映現心底。霎時，纏繞我的絲絲縷縷陰謀以驚人的明瞭暴露眼前。那已超乎單純如我者所能想像，其中有雙重乃至多重的謊言，有雙方縝密設計串通好的計畫，而且似乎複雜得讓我甚至分不清到底有多少人參與這個陰謀。我彷彿突然從平坦安全的地面被打落深不見底的陷阱，只能從陷阱底下豔羨地目送 NAOMI、熊谷、濱田、關，以及其他無數人影哈哈大笑走過高處。

「老闆娘，我現在要出去，就算我不在的時候她回來了，也請不要告訴她我已回來過，我自有我的打算。」

我匆匆撂下這番話就衝出大門。

來到海濱飯店前，我沿著老闆娘指點的路線，盡量躲在陰暗中前行。這條路兩側只有大型別墅聳立，十分冷清，入夜後人跡稀少光線昏暗倒是對我很有利。我利用某戶的門燈看手錶。此刻才剛過晚間十點。不知她是否正和熊谷單獨待在那個大久保別墅？抑或又和那群人一起嬉鬧？總之我想親眼看到事實。如果可以的話，最好能瞞著他們偷偷收集證據，之後再試探他們要怎麼睜眼說瞎話否認事實。而且屆時我要讓他們無法脫逃，再給他們致命的一擊，因此我加快步伐向前走。

我很快就找到目的地。我在別墅門前的路上來來回回逛了一會，窺探別墅的格局，氣派的石門內有茂密樹叢，樹叢之間有一條鋪滿碎石子的小路一直通往玄關，無論是「大久保別邸」這塊字跡古意蒼然的門牌，或是圍繞寬闊庭院長滿青苔的石牆，給人的感覺更像是歷史悠久的大宅而非度假別墅，熊谷居然有親戚在這種地方擁有如此宏偉的宅邸，讓我越想越意外。

我盡量不發出腳步聲地走過碎石子路潛入大門內。由於樹木茂密，從外面的馬路看不清主屋的樣子，但走近一看，奇妙的是，無論是外玄關或裡玄關，二樓或一樓，凡是看得到的房間一律悄然無聲，門窗緊閉，一片漆黑。

「咦，難道熊谷的房間在後面嗎？」

我這麼一想，遂又躡手躡腳沿著主屋繞到屋後。果然，二樓的某個房間及樓下的廚房亮著燈。

一眼就知道，熊谷的房間就在那二樓。因為只要朝簷廊一看，不僅可以發現他那把曼陀林靠在欄杆上，而且室內還有我見過的那頂義大利草帽掛在柱子上。然而，紙門雖是敞開的，卻沒聽見任何說話聲，顯然此刻房間裡空無一人。

——我這才想到，廚房那邊的拉門，好像剛剛有誰出去，也是敞開的。這時，我的注意力順著從廚房門口照向地面的微光，發現了就在四、五公尺外有個後門。門沒有裝設門板，只有二根舊木柱，二根門柱之間，可以看見由比濱海灘頭的碎浪在黑夜中明顯畫出一條白線，強烈的海潮味撲面而來。

「一定是從這裡出去的。」

就在我從後門走向海岸的幾乎同一時間，附近響起了分明是 NAOMI 的聲音。之前我沒聽見，八成是因為風向的關係吧。

「等一下！我的鞋子裡有沙子，不能走路了。誰幫我把沙子拿掉？……小政，你來替我脫鞋子！」

「我才不要。我又不是妳的奴隸。」

「你再講這種話，我就不喜歡你囉……還是濱先生最好……謝謝，謝謝，幸好有濱先生在，我最喜歡濱先生了。」

「可惡！別人對妳客氣妳就把人當傻子耍啊！」

「啊、啊！哈哈哈！討厭啦，濱先生，不要搔我的腳底癢癢！」

「我沒有搔癢，我是看妳腳底沾了這麼多沙子，所以才替妳拍掉。」

「順便再舔一下，就變成把拔先生囉。」

說這句話的是關。接著有四、五個男人哄然大笑。

從我佇立的位置到沙丘徐緩落下形成斜坡一帶，正好有一家掛著草簾的茶店，聲音就是從那小屋傳來的。我和小屋之間相隔不到十公尺。下班後還來不及換衣服依然穿著褐色羊駝西裝的我，豎起西裝上衣的領子，把前面的扣子全扣上，讓領子和襯衫盡量不顯眼，把草帽藏在腋下。然後我弓身像匍匐前進般迅速跑到小屋後面水井那頭的陰影中，頓時聽見他們說，

「好了，該走了吧，接著去那頭看看。」

接著就由 NAOMI 帶頭絡繹走出來。

他們沒發現我，從小屋門前走下海灘，濱田、熊谷、關、中村——勉強只能看出四個男人穿著鬆垮的浴衣，夾在中央的 NAOMI 披著黑色披風，穿著高跟鞋。她並未帶披風和高跟鞋來鎌倉這邊，所以那肯定是向別人借來的。海風呼嘯，差點將

她的披風下襬掀起，她似乎從內側用雙手把披風牢牢裹在身上，每跨出一步，豐滿的臀部就在披風內隆起一團渾圓。而且看她的步伐似乎喝醉了，一邊拿兩肩去撞左右的男人，一邊故意歪歪倒倒地走路。

一直縮著身子大氣都不敢出的我，等到與他們的距離已拉開到五十公尺，只能看到白色浴衣在遠方若隱若現時，這才起身悄悄跟蹤。起初我以為他們會沿著海岸直走到材木座那邊，但他們中途漸漸左轉，似乎越過了通往市區的沙丘。等他們的身影徹底消失在沙丘那頭後，我急忙使出全速衝上山丘。因為我知道，他們走的這條路，就是沿途松林茂密，正好可用來藏身的陰暗別墅街。既然如此，那我就算更靠近他們，八成也不用擔心被他們發現。

下了山丘後，他們快活的歌聲頓時傳入我耳中。這也是當然的，因為他們就在不到五、六步之外，一邊合唱一邊打拍子向前走。

Just before the battle, mother,

I am thinking most of you,……

那是 NAOMI 成天掛在嘴上的歌。熊谷領頭，像揮舞指揮棒般比手畫腳。她還是東倒西歪的，邊走邊拿肩膀撞她身旁的男人。結果被撞的男人也像划船似的，發出「嘿咻！嘿咻！……嘿咻！嘿咻！」的吆喝聲，跟著她一起從這頭倒向那頭。

「哎喲，你幹嘛啦！推那麼用力會害我撞到牆。」

啪啪啪！好像有人拿手杖敲打圍牆。NAOMI 咯咯笑。

「好，接下來唱〈Honika Ua Wiki Wiki〉！」

「那就來吧！這首是夏威夷的草裙舞，大家要邊唱邊跳喔！」

Honika ua wiki wiki! Sweet brown maiden said to me……然後他們一起扭腰擺臀。

「哈哈哈！關先生最會扭屁股了。」

「那當然，別看我這樣，我可是下功夫研究過的。」

「在哪研究？」

「上野的和平博覽會，那時在萬國館不是有原住民表演跳舞嗎？我連著去看了十天。」

「你真的很誇張。」

「你那時也該去萬國館，以你這副長相肯定被人當成原住民。」

「喂，小政，幾點了？」

說這句話的是濱田。濱田不喝酒，所以似乎最正經。

「我也不知道幾點了，有人戴手錶嗎？」

「嗯，我有——」

中村說著，點燃火柴。

「啊，已經十點二十了。」

「沒關係，把拔不到十一點半不會回來。接下來我們繞長谷街一圈再回去吧。我想用這副打扮走在鬧區試試。」

「我贊成！」關大吼。

「不過妳這副打扮走在街上到底像甚麼？」

「不管怎麼看都像是女團長。」

「我如果是女團長，那你們全都是我的部下。」

「我們是白浪四人男[9]嗎？」

「那我就是弁天小僧。」

「欸——說到女團長娜歐咪……」

熊谷用電影旁白的口吻說。

「……她趁著夜黑風高，身穿一襲黑披風……」

「呵呵呵！拜託你別用那麼賤的聲音講話好不好！」

「……率領四名惡漢，從由比濱海岸……」

「別鬧了啦小政！你還不住口！」

NAOMI啪的一聲甩了熊谷一耳光。

「啊，痛死了……我的嗓音本來就是這麼賤嘛，我講話不像說書人是平生最大恨事。」

「可是瑪麗·畢克馥不是女團長喔。」

「不然誰才像？普麗西拉·迪恩[10]？」

「嗯，沒錯，普麗西拉·迪恩。」

「啦、啦、啦、啦！」

就在濱田再次哼著舞曲翩翩起舞時。我見他踩著舞步似乎猛然要向後轉身，於是連忙躲到樹後，但濱田已當下驚呼一聲。

「是誰？——這不是河合先生嗎！」

眾人頓時鴉雀無聲，就這麼乾站著，透過夜色朝我這邊轉頭。我暗叫不妙，然而為時已晚。

「把拔？這不是把拔嘛！你躲在那裡做甚麼？快來加入我們呀。」

NAOMI 突然大步走到我面前，唰地拉開披風，伸出手搭在我肩上。一看之下，她的披風底下一絲不掛。

「妳這是甚麼打扮！丟人現眼！妓女！蕩婦！妳會下地獄！」

「哈哈哈！」

---

9 白浪四人男，借用歌舞伎《白浪五人男》的典故，該劇描寫五名盜賊的故事，弁天小僧為其中一個角色。

10 普麗西拉·迪恩（Priscilla Dean，一八九六—一九八七），美國默片時代的著名女演員。

她的笑聲中瀰漫濃郁的酒氣。過去我從未見過她喝酒。

十六

我費了當晚和隔天這二天時間，終於從倔強的她口中逼問出一些她這段時間騙我的手法。

如我所料，她想來鎌倉，果然是為了和熊谷玩。說甚麼闞的親戚在扇谷完全是鬼扯蛋，長谷的大久保別墅正是熊谷的叔叔家。不，不僅如此，我現在租的這間偏屋，其實也是熊谷安排的。大久保宅邸是這家盆栽店的老主顧，因此熊谷主動找上盆栽店，也不知他是怎麼說服人家的，之前的房客立刻被迫搬走，讓我們住進去。無庸贅言，那當然是 NAOMI 和熊谷商量好的計畫，甚麼杉崎女士的介紹、東洋石油公司的主管云云，通通是她自己瞎掰的。所以她才能一個人迅速敲定租房子這件事。根據盆栽店老闆娘所言，她打從一開始事先來看房子，就是和熊谷家的「少爺」一起來，而且不只表現得很像「少爺」的自家人，事先也這樣聲明過，因此老闆娘只能別無選擇地趕走前一任房客，把房子讓給我們。

「老闆娘，讓妳無辜受到連累真的很抱歉，但能否把妳知道的通通告訴我？我保證無論任何情況下都不會說出妳的名字。我絕對不會為此事找熊谷算帳。我只是想知道事實真相。」

翌日，從未請假的我向公司請了一天假。並且嚴密監視她，堅決命令她「不准離開房間一步」，她的衣服、鞋子和錢包悉數被我搬去主屋，我就在主屋的一室詢問老闆娘。

「這麼說，打從更早之前，他倆就趁我不在時密切來往了？」

「是，一直有來往。不是少爺過來，就是小姐去找他……」

「大久保別墅到底有誰在？」

「今年大家都回老宅去了，雖然有時會來，但平時通常都只有熊谷少爺一個人在。」

「那麼，熊谷君的那些朋友呢？他們應該不時也會來我家吧？」

「是的，三不五時就會來。」

「那些人是熊谷君帶來的，還是他們自行上門？」

「這個……」老闆娘說——這是我後來才醒悟的，當時老闆娘的神情似乎非常為難。

「……有時是自己上門來，有時和少爺一起來，好像各種情形都有……」

「除了熊谷君之外，是不是也有人單獨前來？」

「那位姓濱田的先生會單獨來，除此之外，好像也有其他人單獨來過……」

「那種時候，通常都是邀她出門嗎？」

「不，多半都是在屋裡講話。」

我最無法理解的就是這點。如果她和熊谷有染，為什麼還要帶一群電燈泡一起來？他們之中的某人獨自來訪，她和對方關在屋裡講話又是怎麼回事？他們如果都對她有興趣，為什麼彼此之間不會吵架？昨晚那四個男人不也關係融洽地互開玩笑嗎？這麼一想我又摸不著頭緒了，最後就連她到底和熊谷有沒有不正當關係都成了疑問。

然而，關於這點她始終嘴巴很緊。她堅稱自己絕非別有用心，純粹只是想和一群朋友嬉戲玩樂。我質問她既然如此為何要如此大費周章地陰險欺騙我，她說：

「因為那只會讓把拔懷疑他們，跟著瞎操心。」

「那麼，妳為什麼要騙我說關的親戚在此地有別墅？關和熊谷有哪裡不一樣？」

被我這麼一問，她似乎頓時詞窮。她猛然低下頭，沉默地咬唇，抬眼瞪著我好似要在我臉上瞪出窟窿。

「可是你最懷疑小政——我以為如果用關先生的名義或許會好一點。」

「不要再喊他小政！他明明有熊谷這個名字！」

忍了又忍的我，這時終於爆發。聽到她喊「小政」，我就噁心得想吐。

「喂！妳和熊谷發生關係了吧？妳給我老實說！」

「我們哪有甚麼關係啊，你這麼懷疑我，那你有證據嗎？」

「就算沒有證據我也知道。」

「憑甚麼？——你憑甚麼知道？」

她的態度鎮定得可怕。嘴邊甚至還浮現可惡的淺笑。

「昨夜妳那種打扮，那算甚麼？妳都脫成那樣了難道還打算堅稱妳是清白的？」

「那只是因為他們硬要灌醉我，讓我穿成那樣。——我只不過是那樣在外面走走路罷了。」

「夠了！看來妳是鐵了心堅持妳是清白的？」

「對，我是清白的。」

「妳敢發誓嗎？」

「敢啊，我發誓。」

「好！妳最好別忘了自己講過的這句話！反正妳說的話我是一句都不會再相信了。」

就此，我再也沒對她開口。

我怕她偷偷向熊谷通風報信，於是把信紙、信封、墨水、鉛筆、鋼筆、郵票等物通通沒收，連同她的行李一起交給老闆娘保管。而且為了讓她在我外出期間絕對無法出門，只讓她穿了一件紅色泡泡紗睡袍。之後，我在第三天早晨離開鎌倉佯裝去上班，但我在火車上苦思許久該如何取得證據後，決定不管怎樣先回已經離開一個月的大森那間房子看看。如果她和熊谷當真有染，那自然不可能是這個夏天才開始的。如果回大森的住處搜索一下她的物品，我想或許可以找到甚麼書信。

當天我比平時搭火車的時間晚了一班車，來到大森的家門前時算算已經十點了。我走上正面門廳，拿鑰匙開門，越過畫室，上閣樓準備搜查她的房間。結果一打開她的房門，踏進一步的瞬間，我不禁失聲驚呼，愣在原地說不出話。定睛一看，呆然躺在那裡的不正是濱田嗎！

濱田看到我進來，突然漲紅了臉，

「嗨。」

他說著爬起來。

「嗨。」

我這麼回答後，我倆就用揣測對方的眼神互瞪半晌。

「濱田君……你怎麼會在這裡？……」

濱田慉慉歙動嘴唇，似乎有話想說，但他終究陷入沉默，彷彿在我面前搖尾乞憐般垂首不語。

「說話啊？濱田君……你甚麼時候來的？」

「我剛剛……剛剛才來。」

他似乎已覺悟無路可逃，這次話講得很清楚。

「但我這房子門窗都有上鎖吧，你是從哪鑽進來的？」

「從後門——」

「就算是後門，應該也鎖住了……」

「對，我有鑰匙——」

濱田說這句話的聲音低微得幾不可聞。

「有鑰匙？——你怎麼會有鑰匙？」

「是 NAOMI 給我的。——說到這裡，我為什麼會來，我想您大概也猜到了……」

濱田靜靜抬起頭，瞇起眼毫不迴避地凝視啞然的我。他的表情有種到了緊要關頭會很誠實的富家少爺特有的品格，不再是以往像個不良少年的他。

「河合先生，你今天突然回到這裡的理由，我多少也想像得到。我欺騙了你。為此就算受到任何制裁我都無話可說。事到如今再講這種話或許很奇怪，但我早就……就算沒有這樣被你逮個正著，我也早就想向你坦承我的罪行了……」

濱田說著，眼中已蓄滿淚水，一滴又一滴滑落臉頰。一切都超乎我的預想之外。我保持緘默，不停眨眼，乾瞪著這種情景，但就算我姑且相信他的告白，還是有太多疑點令我不解。

「河合先生，能不能請你原諒我……」

「不過，濱田君，我還是不大明白。你從 NAOMI 那裡拿到鑰匙，到底來這裡做甚麼？」

「在這裡……今天在這裡……我和她約好了要碰面。」

「啊？你和她約好了在這裡碰面？」

「對，沒錯……而且不只是今天。之前已經這樣好幾次了……」

仔細一聽之下，原來自我們搬去鎌倉後，他和 NAOMI 已經在這裡幽會過三次。換言之，她在我出門上班後，就搭乘比我晚一、兩班的火車來到大森。每次大概都是上午十點左右過來，十一點半回去。所以回到鎌倉最晚也不過才下午一點，就連房東都不會發現這中間她去過一趟大森。而今早，他們也約好了十點碰面，所以剛才我上樓時，濱田還以為是NAOMI來了——這就是他的供詞。

對於這驚人的自白，起初充斥我心頭的唯有茫然。我驚愕得合不攏嘴——這一切都太離譜了——事實上這就是我的心情。我必須先聲明，當時我三十二歲，NAOMI十九歲。一個十九歲的女孩，居然如此大膽、如此奸詐地欺瞞我！直到前一秒，不，就連此時此刻，我還是無法想像她居然會是那麼可怕的少女。

「你和她到底是從甚麼時候發生那種關係的？」

要不要原諒濱田還在其次，我現在滿心只有想刨根究柢查明事實真相的強烈念頭。

「已經很久了，大概早在你還不認識我的時候……」

「那麼，我記得我第一次見到你那時——應該是去年秋天吧，我下班回來，看到你站在花壇那邊和她聊天那次呢？」

「對，是的，算來正好已有一年——」

「如此說來，打從那時你們就已——」

「不，比那更早。去年三月我開始去杉崎女士那裡學鋼琴，我就是在那裡認識她。之後不久，大概過了三個月就——」

「當時你們都是在哪裡幽會？」

「還是在這裡，大森這棟房子。上午她說不會出去上課，一個人很寂寞，叫我來玩，起初我只是抱著這種心態來訪。」

「哼，那麼，是她主動叫你來玩的？」

「對，沒錯。而且當時我完全不知道有你的存在。她說自己是從鄉下來投靠大森的親戚，和你是表兄妹。直到你開始去黃金鄉跳舞，我才知道你們根本不是親戚。但我……我當時已經無法自拔了。」

「她今年夏天吵著要去鎌倉，該不會也是跟你商量好的吧？」

「不是，那不關我的事。慫恿她去鎌倉的是熊谷。」

濱田說到這裡，突然加強語氣，

「河合先生，被騙的不只是你！我也一樣被騙了！」

「……如此說來她和熊谷君也是？……」

「沒錯，現在最能夠隨心所欲擺布她的男人是熊谷。我早就隱約感到她喜歡熊谷。但我作夢也沒想到，她一邊跟我發生關係，同時居然和熊谷也有那種關係。況且她總是說她純粹只是喜歡和男性朋友打打鬧鬧，絕對沒有超友誼關係，所以我也就信以為真……」

「唉——」

我嘆氣說。

「那是她慣用的伎倆，她也是這麼跟我說的，所以我也相信了……那你是甚麼時候發現她和熊谷也有不正當關係？」

「這個嘛，有一個下雨的晚上我們不是四人一起擠在這裡打地鋪嗎？我就是那晚察覺的……那天晚上，我真的很同情你。當時他倆那種肆無忌憚的態度，怎麼看都不像是普通朋友。我越感到嫉妒，就越能夠體會你的心情。」

「那麼，你說在那晚察覺，只是你根據他倆的態度推測，自行想像的……」

「不，不是，後來的事實印證了我的想像。黎明時，你已經睡著了所以大概不知道，但我睡不著，所以在半夢半醒中親眼目睹他們接吻。」

「NAOMI 知道被你看見了嗎？」

「對，她知道。後來我跟她說了。而且我要求她必須和熊谷分手。我討厭被她當成玩物，到了這個地步我一定要娶她……」

「娶她？……」

「對，沒錯，我打算向你坦承我們的戀情，娶她為妻。她說你很通情達理，只要把我們的痛苦告訴你，你一定會成全我們。事實如何我不清楚，但根據她的說法，你只是抱著教養她的打算撫養她，你們雖然同居，但是並沒有一定得結婚的承諾。況且她還說你和她的年紀差了一大截，你們就算結婚也不見得會幸福……」

「這種話……這種話都是她說的？」

「對，是她說的。她說會盡快向你坦白，然後就可以和我結婚，所以叫我耐心等一陣子。而且她一次又一次向我堅定承諾過。同時她也說會和熊谷分手。但我沒想到那全是騙人的。她打從一開始就壓根不打算嫁給我。」

「那麼，她和熊谷君也許下了那種約定嗎？」

「這我就不知道了，但我想應該不至於。她是三分鐘熱度的性子，熊谷八成也不是真心交往。熊谷那傢伙比我狡猾多了……」

說來不可思議，我從一開始就不恨濱田，這樣聽他敘述之後，反倒讓我對他產生同病相憐之感。也因此，我更加憎恨熊谷了。我強烈感到，熊谷才是我倆共同的敵人。

「濱田君，不管怎樣這種地方都不方便談話，不如先找個地方一起吃飯再慢慢聊吧？因為我還有很多問題想問你。」

於是，我這樣提議，去西餐廳不方便，因此我帶他去了大森海岸的「松淺」。

「那麼，河合先生，你今天不上班嗎？」

濱田的語氣也不再像之前那麼激動，倒像是卸下了心頭重擔，在路上用坦誠的口吻主動與我閒聊。

「對，我昨天也請假。公司最近正好也很忙，不去實在不好意思，可是我從前天起就腦筋一團混亂，完全無心顧及工作……」

「NAOMI 知道你今天來大森嗎？」

「我昨天整天在家，但今天我跟她說要去上班。以她的行事作風，或許已經隱約察覺甚麼，但她大概作夢也沒想到我會回來大森吧。我本來打算搜一下她的房間看看有沒有甚麼情書之類的，所以才臨時起意跑回來。」

「啊，原來如此，我還以為你是特地來逮我的。不過，若是這樣，她該不會隨後也跑回來吧？」

「不會，不用擔心……我出門時把她的衣物和錢包都沒收了，讓她無法離開房間一步。以她那副打扮，就連門口都出不去。」

「噢？甚麼打扮？」

「你應該也見過，她不是有一件桃紅色的泡泡紗睡袍嗎？」

「噢，那件啊。」

「她全身上下就只有那件衣服，連一根細腰帶都沒有，所以她跑不了。就像猛獸被關進籠中。」

「不過，萬一剛才在閣樓她忽然闖進來了不知會怎樣？那才真的說不定會大鬧一場呢。」

「所以她到底是甚麼時候和你約好今天碰面的？」

「就是前天——被你發現的那晚。她看我那晚鬧彆扭，所以大概想討好我，於是叫我後天來大森，不過當然我也有錯。我應該和她絕交，再不然也該和熊谷大吵一架才對，可我就是做不到。我自己都覺得很卑微，可我太懦弱了，還是拖拖拉拉繼續和他們來往。所以雖然說是被她欺騙，說穿了其實是我自己太蠢。」

我總覺得他這番話是在說我。後來我們進了「松淺」的包廂，面對面坐下後，我甚至開始覺得此人還滿可愛的。

十七

「來，濱田君，你肯誠實告訴我，讓我非常高興。不管怎樣我們先乾一杯吧？」

我說著舉起杯子。

「河合先生，那你是肯原諒我了嗎？」

「沒甚麼好原不原諒的。既然你說是被她欺騙，根本不知道我和她的關係，那你就沒有任何過錯了。我已經完全不怪你了。」

「哎，謝謝，聽到你這麼說我總算安心了。」

不過，濱田看起來還是很不自在，就算我勸酒他也不肯喝，低著頭不敢正眼看我，略帶顧忌地有一搭沒一搭說話。

「那麼，恕我冒昧問一句，河合先生你和 NAOMI 真的不是親戚嗎？」

過了一會，濱田似乎很苦惱，說著微微嘆息。

「對，我們毫無親戚關係。我生於宇都宮，她則是道地的東京人，娘家現在也在東京。當初她想上學卻因家庭因素無法念書，我看她可憐，所以才在她十五歲那年收養她。」

「那你們現在已經結婚了吧？」

「對，沒錯，得到雙方家長的同意，已正式辦理結婚登記。不過那是在她十六歲時，當時她還太年輕，把她當成『太太』也很怪，況且我想她自己也不願意，所以我們說好暫時像朋友一樣相處。」

「啊，原來是這樣，這就是造成誤解的原因啊。看她那樣實在不像有夫之婦，而且她自己也沒有那樣聲明，所以我們才會被她矇騙。」

「她固然不對，但我也有責任。我以為世間所謂的『夫婦』太無趣，本來主張婚姻生活應該盡量跳脫傳統模式。結果卻鑄成如此荒謬的錯誤，所以今後我也得改進。哎，我真的學到教訓了。」

「的確該那樣才好。還有，河合先生，或許我撇開自己的過錯不提還講這種話很可笑，但熊谷是個壞蛋，你千萬得小心。我絕對不是懷恨在心才這麼說。熊谷和關還有中村都不是甚麼好人。NAOMI 的本性並不壞。完全是被他們帶壞了……」

濱田語帶激動地說，同時再次眼泛淚光。難道這個青年竟是如此真心地愛著 NAOMI？這麼一想，我有點感激又有點愧疚。如果濱田沒聽說我和她早已是合法夫妻，本來大概還打算請求我把 NAOMI 讓給他吧。不，不僅如此，就算是現在，只要我肯放棄她，他大概會立刻開口接納她。從這個青年眉宇之間洋溢的惹人憐惜的澎湃熱情看來，他的決心已不容置疑。

「濱田君，我會聽你的忠告，盡快在這兩、三天之內做處置。如果 NAOMI 能夠和熊谷真正分手當然是最好，否則我連再和她多待一天都受不了……」

「可是，可是請你千萬不要拋棄她。」

濱田急忙打斷我的話。

「萬一被你拋棄了，她肯定會墮落。她是無辜的……」

「謝謝你，真的很謝謝你！你的好意讓我不知有多麼開心。畢竟我從她十五歲起就一直照顧她，哪怕被世人恥笑，我也絕對不會拋棄她。問題是她太倔強，所以我只是煩惱該怎樣才能巧妙地讓她離開壞朋友。」

「她的確很拗。如果為了一點小事忽然吵架，後果可能無法挽回，所以這方面還請你妥善斟酌處理，雖然我好像沒資格講這種話……」

我一再對濱田說謝謝。我倆之間如果沒有年齡與地位的差異，如果我們之前就是更親密的好友，現在我說不定已經拉著他的手，和他相擁而泣了。至少我現在的心情已經如此轉變。

「濱田君，今後也請你一個人來我家玩。不用客氣。」

臨別時我說。

「好，不過暫時也許不會去拜訪。」

濱田有點扭扭捏捏，好像不想讓我看到他的臉，低著頭說。

「這是為什麼？」

「暫時不行……在我能夠忘記 NAOMI 之前……」

他說著，忍住淚水戴上帽子，說聲再見，也沒搭電車，就從「松淺」門前朝著品川的方向大步走遠了。

之後我還是去了公司，當然我根本無心工作。NAOMI 那傢伙，現在不知在做甚麼。我只讓她穿著一件睡衣就丟下她出門了，所以她應該不可能跑出去吧。雖然這麼想，可我還是無法不擔心。之所以如此，是因為意外的事情接二連三發生，讓我發現自己一再受騙，於是神經變得異常敏感、病態，開始胡思亂想各種情況，最後甚至開始覺得 NAOMI 這傢伙擁有我的智慧望塵莫及的神通怪力，因此片刻無法安心，深怕她不知幾時又惹出甚麼禍。我不能再耗在這裡了，說不定在我外出期間又出了甚麼事——我草草結束工作，十萬火急趕回鎌倉。

「嗨，我回來了。」

我一看到站在門口的老闆娘就說。

「她在家嗎？」

「對，好像在。」

我這才鬆一口氣，

「有沒有人來找過她？」

「沒有，沒有任何人來。」

「那她還好嗎？看起來怎麼樣？」

我拿下顎朝偏屋的方向一努，對老闆娘使眼色。這時我才發覺，NAOMI 待的那個房間拉門緊閉，透過玻璃只見屋內一片昏暗，靜悄悄的，似乎沒人在。

「小姐怎麼樣我也不清楚——今天一整天好像都待在那屋裡……」

哼，終於安分在家待了一整天嗎。但就算如此，這麼安靜也不知是怎麼了？不知她現在是甚麼表情？我的心情仍有幾分激動，於是悄悄走上簷廊，拉開偏屋的紙門。這時剛過傍晚六點，沒開燈的房間深處一隅，只見她衣衫不整地仰著臉呼呼大睡。大概是因為被蚊子騷擾，所以不停翻身吧，雖然用我的風衣裹在腰間，但是只稍微遮蓋住下腹，從紅色泡泡紗睡袍露出的白皙手腳，就像剛煮熟的高麗菜梗格外顯眼，在這種時候不幸地產生異樣的蠱惑感，撩動我的心。我默默開燈，獨自迅速換上和服，故意大聲開關壁櫥的拉門，但她也不知究竟醒了沒有，只是繼續傳來平穩的呼吸聲。

「喂，還不起來嗎，都已經入夜了……」

我無所事事地靠在桌前假裝寫信，就這樣僵持三十分鐘後終於投降，主動先喊她。

「嗯……」

我大喊兩、三次後，她才不情不願地用猶帶睡意的聲調回應我。

「喂！還不趕快起床！」

「嗯……」

她這樣應了一聲，還是老半天不肯起來。

「喂！妳在幹甚麼！沒聽見我叫妳！」

我站起來，用腳粗暴地搖晃她的腰部。

「啊——」

她嚷著，先伸直那兩條修長的手臂，緊握粉紅的小拳頭向前伸出，一邊忍住呵欠一邊慢吞吞坐起身子後，她偷瞄我一眼，立刻把頭往旁一撇，開始拼命抓腳背、小腿、背後等等被蚊子咬過的地方。也許是睡太多，抑或是偷哭過，她的雙眼通紅，頭髮像鬼一樣亂七八糟垂落雙肩。

「快，換上衣服，不要那副德性。」

我去主屋取來她的那包衣服扔到她面前，她不發一語，臭著臉換上衣服。之後晚飯送來，吃飯期間，我倆始終沒有人先開口。

在這段漫長、鬱悶、互相瞪視的期間，我滿腦子只想著該如何讓她老實招供，有甚麼方法可以讓這個倔強的女人乖乖認錯。濱田的忠告——她性子很拗，所以如果隨便吵架恐怕會造成無法挽救的後果——當然銘記在我腦中。濱田之所以給我那種忠告，恐怕是他自己的親身經驗，而我自己也有過多次這樣的教訓。最重要的就是不能激怒她，千萬不能讓她賭氣，不能和她吵架，可是又不能讓她看扁了我，必須拿捏適當分寸提起這個問題。因此，如果我用法官的態度質問她，恐怕會有最大的風險。若我直接挑明了逼問她：「妳和熊谷這樣那樣了吧？」「妳和濱田也那樣這樣了吧？」她絕非那種會因此誠惶誠恐乖乖招認的女人。她肯定會反抗，而且還會矢口否認到底。屆時我鐵定也會越來越惱火。如果真的那樣撕破臉就完蛋了，所以總而言之這樣逼問是下下策。還是打消逼她招供的念頭，索性把今天發生的事情告訴她算了。這樣的話，就算她再怎麼倔強也無法再死不承認了吧。好，就這麼辦！於是我先試探著說：

「今天上午十點左右我回去大森了，結果遇見濱田。」

「嗯——」

她似乎果然愣住了，刻意迴避我的視線，只是如此輕哼。

「後來我跟他聊了一會就到了吃飯時間，我邀他去『松淺』一起吃了午餐——」

之後她已不再接腔。我一直在留意她的神情，同時盡量不帶諷刺地娓娓敘述，直到我說完，她始終低頭默默傾聽。而且毫無愧色，只是臉色好像有點蒼白。

「濱田既然都那樣說了，我想用不著再問妳我也都知道了。因此妳用不著再嘴硬。錯了就是錯了，只要妳肯這樣乖乖認錯道歉就好……怎麼樣，妳認為自己錯了嗎？妳願意認錯嗎？」

她始終不肯回答，眼看著就要演變成我最擔心的逼問形式，「怎麼樣，小NAOMI？」我只好盡量保持溫和的語氣，

「只要妳肯認錯，我可以既往不咎。用不著妳跪地磕頭賠罪。只要妳發誓今後不再犯這種錯誤就行了。啊？聽懂了吧？妳願意認錯吧？」

這時她在恰到好處的時機點頭嗯了一聲。

「那妳明白了吧？今後絕對不會再和甚麼熊谷來往了吧？」

「嗯。」

「妳保證？說話算話？」

「嗯。」

就用這樣的「嗯」，我們總算達成協議維護了彼此的顏面。

十八

那晚，我和她就像甚麼事都沒發生過似的上床，但是老實說，我絕非打從心底已毫無芥蒂。這個女人，已經不清不白了。——這個念頭不僅晦暗地鎖住我心頭，也讓曾是自己心肝寶貝的她瞬間降低了一半的價值。因為她的價值，大半在於她是我親手撫養，親自調教出來的女人，而且只有我熟知她肉體的每一處，換言之她這個人，等於是我自己親手栽培出來的果實。為了讓那顆果實成熟到今天這般地步，我費盡無數心血與勞力。所以品嘗那顆果實是我這個栽培者應得的報酬，別人根本無權覬覦，沒想到竟在不知不覺中被不相干的外人剝皮咬了一口。那顆果實一旦遭到玷汙，縱使她再怎麼道歉也已無法彌補。「她的肌膚」這珍貴的聖地，已被二個小偷永遠留下沾滿泥巴的腳印。這讓我越想越不甘心。我真正怨恨的不是她，而是這一點。

「讓治先生，請原諒我……」

她見我默默流淚，頓時態度和白天有一百八十度大轉變，主動向我道歉，可我只是繼續流淚點頭。「好，我原諒妳。」就算嘴上這麼說，終究無法抹消我那難以彌補的憾恨。

鎌倉的夏日假期就此悲慘結束，之後我們又回到大森的住處，但正如前面所說，我心中已留下疙瘩，自然會不時流露痕跡，我倆的感情再也無法恩愛如昔。即使表面上和解了，然我再也不可能真正信任她。縱使去上班，我依然擔心她和熊谷藕斷絲連。我深深懷疑在我外出期間她做了甚麼，於是每天早上假裝出門後就偷偷繞到後門，或是在她去上英文課和音樂課的日子悄悄跟蹤她，有時還背著她偷看寄給她的信件。隨著我逐漸產生這種疑神疑鬼的心態，她也好不到哪去，她似乎在暗中嘲笑我這樣緊迫盯人的做法，雖不至於真的說出來為此發生爭執，但她開始故意和我作對挑釁。

「喂，NAOMI！」

某晚，我一邊搖晃故意冷著臉裝睡的她，一邊這麼喊她。（在此必須說明，到了這時，我已經習慣直呼她「NAOMI」了。）

「妳幹嘛這樣……為什麼要裝睡？妳就這麼討厭我？……」

「我哪有裝睡。我只是睏了所以閉上眼。」

「那妳把眼睛睜開。別人跟妳講話，妳怎麼可以閉著眼。」

被我這麼一說，她這才無奈地微微睜眼，但她那種從睫毛陰影下半闔著眼微微窺向我的眼神，讓她的表情更加冷酷。

「妳說啊？妳就這麼討厭我？如果真是這樣妳就直說……」

「你為什麼要這麼問？……」

「從妳的一舉一動我就大致明白。最近我們雖然沒吵架，可是心底卻在互相折磨對方。我們這樣還算是夫婦嗎？」

「我可沒有故意折磨你，是你在折磨我吧？」

「彼此彼此吧。就是因為妳的態度讓我無法安心，我才會忍不住懷疑妳……」

「哼！」

她嗤鼻用嘲諷的冷笑打斷我的話，

「那我倒要請問你，我的態度有哪一點可疑？有的話請你拿出證據。」

「證據當然是沒有，但……」

「沒有證據就懷疑我，那是你無理取鬧吧？你不相信我，不給我身為妻子的自由和權利，同時又要求我配合你做恩愛夫婦，未免太強人所難了。欸，讓治先生，你真以為我甚麼都不知道嗎？你偷看別人寄給我的信，像偵探一樣跟蹤我……這些我都一清二楚。」

「那是我不對。但我也是因為妳有前科記錄，才會變得神經過敏。妳好歹也得體諒我這點才行。」

「那你到底要叫我怎麼做才好？我們不是說好了以前的事再也不提嗎？」

「為了真正安撫我的神經，妳只要徹底敞開心扉愛我就夠了。」

「可是我這樣做，如果你還不肯相信……」

「信，我信，今後我一定相信妳。」

在此，我必須坦承男人這種生物的膚淺，白天倒還好，問題是每到夜晚我永遠不是她的對手。與其說我輸了，毋寧該說是我體內的獸性被她征服。老實說，我還是無法信任她，可我的獸性卻盲目地臣服於她，硬逼我拋開一切向她妥協。換言之，她對我而言，早已不是甚麼心肝寶貝，也不再是甚麼夢寐以求的玉女偶像，她已經淪為一介妓女。其中沒有情人的聖潔，也沒有夫妻的情愛。那種東西早已如昔日幻夢消失無蹤！諸位若問我既然如此為何還對這麼不貞、骯髒的女人留戀不捨，那完全只是被她的肉體魅力吸引而已。這是她的墮落，也是我的墮落。因為我已拋棄身為男人的節操、潔癖、純情，也拋開過去的自尊與驕傲，拜倒在妓女腳下，絲毫不覺羞恥。不，有時我甚至還像景仰女神般對那可鄙的妓女崇拜有加。

她對我這個弱點自然早已摸透了。自己的肉體對男人產生無法抵抗的蠱惑，只要到了夜晚就能擊垮男人——當她產生這種意識後，白天就開始對我擺出冷淡得離奇的態度。彷彿想對我強調她只是把自己的「女性肉體」賣給一個男人，除此之外對這個男人毫無興趣與情義可言。她就像路人一樣臭著臉冷漠地盡義務，偶爾我對她說話她也冷若冰霜不肯好好回話。就算迫不得已必須回答時也只回答「是」或「不是」。她這種做法，表露出對我的消極反抗，在我看來分明只是在展示對我的極度侮蔑。「讓治先生，就算我再怎麼冷淡，你也無權生氣喔。你不是已經從我身上盡量榨取報酬了嗎？所以你應該滿意了吧」——每當我來到她面前，我總覺得她在用這種眼神睥視我。而且她的眼睛只要微微一動，就會露骨展現「哼！真是噁心的傢伙。這人簡直卑賤如狗。我只是無可奈何才勉強忍受他」的神情。

但這樣的狀態不可能長久。我們互相刺探對方想法，陰險地勾心鬥角，同時內心早已覺悟遲早有一天會爆發，終於在某晚，

「哪，NAOMI。」

我用遠比平日更溫柔的語氣喊她。

「哪，NAOMI，我看我們彼此都不要再無謂地嘔氣了吧。妳怎樣我是不清楚啦，但我自己已經受不了最近這麼冷漠的生活了……」

「那你打算叫我怎樣？」

「我們能不能重新做真正的夫妻呢？妳我都不該這樣自暴自棄。如果不努力真心喚回往日的幸福是不對的。」

「就算努力了，感情也不是想恢復就能輕易恢復的。」

「或許是這樣沒錯，但我想一定有辦法讓我倆幸福。只要妳同意就沒問題……」

「甚麼辦法？」

「妳要不要生個孩子，試著當媽媽？只要有了孩子，哪怕只有一個，我們一定

就能成為真正的夫妻得到幸福。算我求妳，妳就答應我好嗎？」

「我不要。」

她不假思索就斬釘截鐵地說。

「你不是曾經說過，保證不讓我生孩子，會讓我永遠青春美麗像個小姑娘，你不是還說夫妻之間最可怕的就是有了小孩？」

「我以前有段時期的確這麼以為……」

「那你的意思是你不像以前那麼愛我了？所以我變得多老多醜都無所謂了？別否認，你就是，你根本就不愛我。」

「妳誤會了。我以前把妳當朋友一樣關愛，但從今以後我會把妳當成真正的妻子疼愛……」

「你以為這樣就能找回以往那樣的幸福？」

「也許不見得像以往一樣，但真正的幸福……」

「不，不，我受夠了。」

她說著，不等我把話講完就猛搖頭。

「我只想要以往那種幸福。否則我甚麼都不要。當初就是因為這樣說好的我才會來你身邊。」

十九

既然她說甚麼都不肯生孩子，我這廂還有另一個手段。那就是把大森的「童話屋」退租，建立一個更正經且合乎常規的家庭。當初我是憧憬「簡單生活」這個美名，才會住進如此奇妙又不實用的畫室，但我們的生活之所以日漸墮落也的確是因這房子的緣故。這種房子如果讓年輕小夫妻住又沒有女傭，反而會讓彼此越來越任性，簡單生活變得不再簡單，不由自主變得墮落。於是我決定，即便是為了在我外出期間方便監視她，也得雇一個女傭一個廚師。並且要搬去空間住得下主人夫婦和二個傭人，不是那種「文化住宅」的純日本式、適合中流階級紳士的房子。我要把之前用的西式家具都賣掉，全部換成日式家具，再替她買一台鋼琴。這樣她就可以請杉崎女士到家裡來替她上音樂課，英文課也可以請哈里森小姐到府授課，如此一來她自然就沒機會出門。要執行這個計畫需要一大筆錢，這個可以向家裡要，我抱著在計畫徹底執行周全之前絕不讓她知道的決心，費盡苦心獨自找房子看家具。

老家那邊說姑且只能先給這麼多，寄來一千五百圓的匯票。另外我也托老家找女傭，母親在寄匯票的同時也親手寫到，「女傭正好有合適的人選，家裡雇用的仙太郎有個女兒叫小花，今年十五歲，讓她過去的話，想必你也能安心用她。至於廚娘我還在找，等你確定搬家地點後我再派人過去。」

NAOMI 或許隱約感到我在暗自計畫甚麼，彷彿想說「我就等著瞧你玩甚麼把戲」，起初態度非常鎮定。但就在我收到母親來信的兩、三天後，某晚她突然用甜膩卻又異樣嘲諷的語氣柔聲說：

「哪，讓治先生，我想要洋裝，你買給我吧？」

「洋裝？」

我愣了片刻，盯著她的臉幾乎盯出一個洞，同時察覺「我懂了，這傢伙，八成發現老家寄來匯票，所以才這樣刺探我」。

「哪，好不好嘛，不然做件和服也行。幫我做件冬天出去見客的新衣服。」

「我暫時不會買那種東西給妳。」
「為什麼？」
「妳的衣服不是已多得發霉。」
「就算多得發霉，那些都穿膩了，我想要新衣服。」
「我絕對不會再容妳這麼揮霍浪費了。」
「噢？不然那筆錢你要做甚麼？」
看吧，正題來了！我心不在焉地這麼暗忖，一邊說：
「錢？哪裡有甚麼錢？」
「讓治先生，我看到那個書櫃下面的掛號信了。你還不是偷看我的信，所以我就算看一下你的信應該也沒關係吧——」

這倒是令我意外。她提起錢，我本來猜想她只是看到有掛號信來才猜測裡面有匯票，沒想到她居然會去看我藏在那個書櫃底下的信件內容。不過，她肯定是為了探聽我的祕密四處找過那封信，既然她已看過信，那麼匯票金額自不待言，就連搬家和找女傭的事她想必也都知道了。

「既然有那麼多錢，就算給我做件衣服也沒關係吧。——哪，我記得你不是說過嗎？為了我，就算住再多麼狹小的房子，多麼不方便你也願意忍受，而且會用那些錢盡量讓我過最好的生活。你自己說過的話都忘了嗎？你和當時簡直完全變了。」

「我愛妳的心並沒有變，只是愛妳的方式變了。」

「那搬家的事為什麼要瞞著我？你不跟我商量，打算直接命令我搬家？」

「等我找到合適的房子，當然會跟妳商量……」說到一半，我盡量放緩語氣，用哄勸的方式說服她。

「哪，NAOMI，坦白說，我到現在還是想讓妳過最好的生活。不只是穿綾羅綢緞，也要住豪宅，我想讓妳的生活整體提升，像個更體面的富家太太。所以妳應該沒有甚麼值得不滿的吧？」

「是嗎，那可真是謝謝你了……」

「不信妳明天可以跟我一起去找房子。只要比這房子寬敞，又能讓妳滿意，住哪裡都行。」

「那我要住洋房，我受夠日本房子了——」

見我不知如何回答，她頓時露出「看吧，我就知道」的神情，咬牙切齒地說：

「女傭也由我拜託淺草的娘家找，我才不要那種鄉下村姑，因為那是要來伺候我的女傭。」

隨著這種口角越來越多，我倆之間的低氣壓也越來越強烈。整天冷戰的情形也屢屢發生，最後徹底爆發，正好是在我們從鎌倉回來二個月之後的十一月初，我發現她依然和熊谷藕斷絲連的明確證據時。

關於我發現此事的經過，沒必要在此詳述。我雖然整天忙著準備搬家，同時也直覺她有點不對勁，但我的跟蹤行動絲毫沒有放鬆，結果，某天終於被我當場撞見她與熊谷大膽地就在大森住處附近的曙樓幽會歸來。

那天早上，我見她化妝比平日濃豔，於是起了疑心，走出家門後立刻回頭躲進後門的儲藏間木炭堆後面（因此當時的我經常請假不去上班）。果然，到了九點左右，今天明明不是上課的日子，她卻精心打扮出門了，她沒去火車站，快步朝反方向走去。我等她走出十公尺左右後立刻飛奔回家，翻出學生時代用的斗篷和帽子套在西裝外，光腳踩著木屐衝出家門，離得遠遠地跟蹤她。等她進入曙樓後，過了十分鐘我親眼看見熊谷也來了，就守在原地等他們出來。

他們離開時也是分頭行動，這次似乎是熊谷殿後，她先出現在路上時，已是十一點左右——我幾乎在嘟樓附近徘徊了一個半小時。她和來的時候一樣，目不斜視地匆匆走向一公里外的自家。而我也逐漸加快腳步，因此等她打開後門進屋，我立刻跟上，不到五分鐘我也進去了。

看到我進屋的瞬間，她的兩眼發直，籠罩一種悽慘之感。她動也不動地杵在原地，尖銳地睨視我，在她的腳下，我剛才匆匆換裝扔下的帽子、外套和鞋襪依然散落滿地。她大概是因此猜到了一切吧，在這風和日麗的秋日早晨，她那反射著畫室光線的臉龐徐徐褪去血色，有種已放棄一切的深刻靜謐。

「滾出去！」

我用自己都被震得耳聾的音量吼出這句後，再也說不出話，她也同樣沒有回話。我倆就像拔刀相向的二人冷然瞪視對方，伺機尋找對方的弱點。那一瞬間，我真的感到她的臉很美。我這才發現當男人的恨意越深，女人的臉孔就會變得越美。殺死卡門的唐荷西因為對她恨意越深她就越美麗所以才殺死她的那種心情[11]，我完全能理解。她盯著我目不轉睛，臉上的肌肉文風不動，失去血色的雙唇緊抿，彷彿成了邪惡的化身。——啊，那才是將蕩婦的心魂表露無遺的樣貌。

「滾出去！」

我再次大吼，隨即已被某種莫名的憎恨與恐懼與美感驅使，一股腦抓住她的肩膀，用力把她往門口推。

「滾出去！快點！我叫妳滾！」

「對不起……讓治先生！我再也不敢了……」

她的表情頓時一變，哀聲泣訴著顫抖，她兩眼含淚，老實跪在地上像要懇求般仰望我的臉。

「讓治先生，是我錯了，請你原諒我！……對不起，對不起……」

我壓根沒想到她會這麼脆弱地跪地求饒，錯愕的我，因此更加激憤。我握緊雙拳不停揍她。

---

11 歌劇《卡門》中，男主角唐荷西原是軍人，但因愛上吉普賽女郎卡門而變成逃兵。然而後來卡門愛上了英勇的鬥牛士埃斯卡米洛，唐荷西因妒恨交加遂殺死卡門，之後自殺。

「畜生！母狗！妳不是人！我已經不要妳了！我叫妳滾妳還不滾！」

她似乎當下察覺此計不通，頓時態度一轉，乾脆地站起來，隨即恢復平日的傲慢語氣說：

「那我走就是了。」

「很好！妳馬上給我走！」

「好，我馬上走——我可以去二樓拿點換洗衣物帶走嗎？」

「妳現在就給我走，然後派人過來！到時我會把妳的行李全部交給對方！」

「可是這樣我會很困擾，有很多東西我現在就需要用到——」

「那就隨便妳！不快點收拾我可不饒妳！」

我猜她說現在要立刻拿行李只是一種威脅，因此不甘示弱地這麼說，她當下去二樓，胡亂抓起東西就塞進箱籠和包袱，最後收拾出無法背負的大量行李，自己又一陣風似的叫人力車搬運行李。

「那你保重，謝謝你多年照顧——」

她臨走時的道別方式非常乾脆。

二十

她的人力車走後，我不知是怎麼想的立刻掏出懷錶看時間。正好是中午十二點三十六分……啊，對了，剛才她是十一點從曙樓出來，之後我們大吵一架，形勢轉眼改變，原本站在這裡的她如今已經離去。期間僅只有一小時又三十六分鐘……人在看護的病人斷氣時或碰上大地震時，往往會下意識地看時間，這時我忽然取出懷錶看時間大概也是類似的心情吧。大正某年十一月某日中午十二點三十六分——這天的此時此刻，我終於和 NAOMI 分手了。我和她的關係，或許就在這一刻宣告終焉……

「至少鬆了一口氣！卸下重擔了！」

畢竟我對這段期間的暗鬥已精疲力盡，所以這麼想的同時，不禁癱坐在椅子上失神。當下的感覺，就像是「啊——太好了，終於解脫了」，有種輕鬆感。因為我不只是精神疲勞，生理上也很疲憊，毋寧是我的肉體在痛切要求，想要好好休養一番。NAOMI 就像烈酒，明知喝多了對身體不好，可是如果每天都聞到那芳醇的香氣，看到烈酒滿杯，還是會忍不住要喝。喝多了之後酒精逐漸擴散到全身上下，令人飢渴、憂鬱、後腦沉重如鉛，猛然站起似乎會暈眩，仰著臉幾乎向後跌倒。而且總是像宿醉一樣反胃作嘔，記憶力衰退，對一切事物失去興趣，像病人般無精打采。腦中只有她奇妙的幻影浮現，不時如胃脹氣般胸悶，她的氣味、汗水、油脂始終撲鼻而來。如今那個「眼不見心不煩」的 NAOMI 終於走了，彷彿梅雨季的天空暫時放晴。

然而，如前面所說那些都是一時的感覺，老實說，那種輕鬆感頂多只維持了一個小時吧。就算我的肉體再怎麼健康，也不可能短短一小時就立刻恢復疲勞，坐在椅子上想到終於可以喘口氣時，心頭隨即浮現的，是她剛才吵架時那異常淒美的容貌。所謂「男人越憎恨，女人就越美」的剎那容顏。那是我一刀戳死她也無法消除恨意的蕩婦模樣，永恆烙印腦海，就算想抹消也始終無法消失，但不知何故，隨著時間過去，她在眼前越來越清晰，彷彿現在還目不轉睛地瞪著我，而且那種可恨也漸漸轉為無邊無際的美麗。仔細想想，在今日之前我從未見過她的臉上洋溢那麼妖豔的表情。無庸置疑，那正是「邪惡的化身」，同時也是她的身體與靈魂擁有的一切美感達到最高潮時激昂煥發的風采。剛才也是，不只在吵架時不由自主被那種美麗打動，同時也在心中吶喊「啊，太美了」，為什麼當時我沒有跪倒在她的腳下呢？向來優柔寡斷沒出息的我，就算是一時激憤，又怎能對著我敬畏的女神那樣破口大罵甚至動粗呢？自己到底是打哪來的那種莽撞勇氣？——我這才後知後覺地感到不可思議，甚至逐漸對自己當時的莽撞與勇氣萌生怨恨。

「你真是個笨蛋，你闖下大禍了。就算她的行為造成一點點困擾，你以為能夠與『那張臉』交換嗎？那樣的絕美容顏，今後絕不可能再在世間找到。」

我開始感到似乎被誰這樣譴責，啊，沒錯，自己的確做了無聊的舉動。明明一直很小心不去惹惱她，竟然還演變成這樣的下場，肯定是中邪了——這樣的想法不知從哪逐漸抬頭。

就在一個小時前還把她當成累贅恨不得除之為快，詛咒她的存在，現在為何卻反過來詛咒自己，後悔自己的輕率？那麼可恨的女人，為何讓我如此思念？這種急遽的心理變化，我自己也無法解釋，想必唯有愛神才知道這個謎底吧。不知不覺我已站起來，在屋內走來走去，苦思許久該怎樣才能讓這段情傷癒合。但我怎麼想都想不出療傷的方法，唯有她的美麗在腦中不斷盤桓。過去五年共同生活的一幕幕逐一浮現，啊，當時她是這麼說的，是那種表情，那種眼神……無一不令我萬分眷戀。我尤其難忘的，是她還是十五、六歲少女時，每晚坐在西洋浴缸任由我替她洗澡。還有我給她當馬騎，馱著嚷嚷「馬兒快跑」的她在屋內四處爬行嬉戲。──為什麼我會如此懷念那種無聊的舉動呢？想想真的很可笑，但她今後如果肯再次回到我身邊，我一定會立刻重溫當時的遊戲。我要讓她再次騎在我背上，在這屋內爬來爬去。如果能那樣做，不知會多麼開心──我就這麼幻想著把那當成無上幸福。不，不只是幻想，我對她思念過度，忍不住趴在地上，彷彿她的身體此刻也壓在我身上，馱著她在屋內四處爬行。之後我──在這裡寫出來實在難為情──甚至去二樓找出好幾件她的舊衣放在背上，又把她的襪子套在雙手，在她的房間爬來爬去。

從頭開始看到這裡的讀者，八成還記得，我有一本題為「NAOMI 的成長」的紀念冊。那是我抱她進浴缸替她洗澡的當時，用來詳細記錄她四肢逐日發育的情況，換言之是她從少女漸漸長大成人的過程──就只是專門記錄那個，等於是一種日記。我想起那本日記貼滿了當時她的各種表情和各種姿態變化的照片，為了聊慰相思，我急忙從書櫃底層托出那本長年來已堆積灰塵的紀念冊，一頁一頁翻開。那些照片絕對不能讓除了我以外的人看見，所以都是我自己沖洗的，但大概是當初沖印過程不夠完善吧，如今照片像長雀斑般出現很多斑點，有的已經年代久遠，就像舊畫像一樣模糊不清，卻也因此反而增添懷舊感，彷彿是十幾二十年前的塵封往事……好像在回溯幼年的遙遠迷夢。而且這些照片，幾乎將她當時喜愛的各種衣裳和裝扮，包括奇特的、輕快的、奢華的、滑稽的，通通鉅細靡遺記錄下來。有一頁是她穿天鵝絨西裝女扮男裝的照片。翻到下一頁，她身裹單薄的棉紗布料如雕像佇立。再下一頁穿的是閃閃發光的緞子外褂緞子和服，細腰帶勒得胸脯高聳，搭配緞帶假領。除此之外還有各式各樣的表情動作以及對電影女明星的各種模仿——例如瑪麗．畢克馥的笑容，葛洛麗亞．斯旺森[12]的眼神，寶拉．奈格利[13]的亢奮神情，

12 葛洛麗亞．斯旺森（Gloria Swanson，一八九九—一九八三），美國電影演員，以其生動表演技巧和魅力著名。

13 寶拉．奈格利（Pola Negri，一八九七—一九八七），出生於波蘭，為首位獲邀赴好萊塢發展的歐洲女星。一九一〇至三〇年代以悲劇女主角和禍水紅顏形象紅遍歐美。

碧比．達尼葉[14]的傲慢，憤然，嫣然一笑，悚然而驚，恍惚失神……她的神情和身體姿勢不斷變化，明顯可以看出她對這方面有多麼敏感、聰穎、伶俐。

「啊，糟糕！我竟然讓一個了不得的女人跑了！」

我幾乎發狂，悔恨地跺腳，再繼續翻閱日記，又出現許多照片。拍攝方式越來越細微深入，將她每個部位特寫，鼻子、眼睛、嘴唇、手指、手臂曲線、肩膀曲線、背肌曲線、雙腿曲線、手腕、腳踝、手肘、膝蓋，連腳底都拍攝下來，就像在記錄希臘雕刻或奈良的佛像。到此地步她的身體已全然成為藝術品，在我看來甚至比奈良的佛像更完美無瑕，如此定睛凝望，甚至會湧現宗教性的感動。啊——當初我到底是抱著甚麼心態拍下如此精密的照片？難道當時已預感，有一天這些照片會成為悲哀的紀念嗎？

我對她的思念加速度膨脹。天色已暗，窗外開始亮起金星，甚至隱約有幾分寒意，而我從上午十一點到現在都沒吃過東西，也沒生火，甚至沒力氣開燈，只是在逐漸昏暗的家中上上下下，一會敲自己腦袋暗罵笨蛋，一會對著清冷死寂如空屋的畫室牆壁吶喊她的名字，最後甚至頻呼她的名字，用腦袋去撞地板。無論如何，不管用甚麼方法我都得把她找回來。我要無條件在她面前投降。凡是她所說，她所求，我將一律服從……然而，此刻她不知怎樣了？帶著那麼多行李，八成是從東京車站坐計程車吧。如此說來她抵達淺草的家應該已有五、六個小時了。她會老實告訴家人自己被趕出來的真正理由嗎？抑或，照例又因為死要面子而臨時找藉口搪塞，唬弄她的兄姊？由於娘家在千束町操持賤業維生，她很討厭被人指稱是那種人家的女兒，她把父母兄弟當成無知賤民，一年難得回去一次。——關係如此疏離的一家人，此刻正在商量甚麼善後方法呢？她的兄姊肯定會叫她回來向我道歉，但她必然會倔強地堅稱「我死也不去道歉。你們誰去幫我把行李拿回來」。而且她八成還會裝作毫不擔心，坦然自若地開玩笑，照樣氣焰囂張，說不定還故意在言談中夾雜英語，取出時髦的衣裳和用品炫耀，就像貴族千金造訪貧民窟般趾高氣揚地耍威風？……

但不管她怎麼狡辯，總之事情的確發生了，想必必須有人立刻趕來善後……如

14 碧比・達尼葉（Bebe Daniels，一九〇一—一九七一），美國演員，默片時代就出道的童星，更在有聲片初期成為一線級的歌舞片女星。

果她自己堅持「死也不去道歉」，那麼大概會是她姊姊或哥哥代為出面……抑或，她的父母兄弟根本沒有一人關心她替她著想？就像她對家人的冷淡，他們也老早就對她不負任何責任。當初他們說「那孩子的一切就交給您了」，把年僅十五的女兒甩手扔給我，擺出一副任我處置的態度。所以這次八成也會隨她自己決定，對她不聞不問？但就算那樣，至少也該來拿她的行李吧？我明明已叫她一回去立刻派人過來，我會把行李通通交給那人，可是為什麼到現在都沒人來？雖然她好歹帶走了一些替換衣物和隨身用品，但她視為第二生命的禮服還留下很多件。以她的個性鐵定不可能整天窩在寒酸的千束町，八成會天天穿著驚世駭俗的華麗裝扮四處遊走。若是那樣，就更需要衣裳，如果沒有衣服她恐怕片刻也無法忍耐……

然而那晚，我等了又等還是不見她的家人上門。直到四下一片漆黑我都沒開燈，因此我心想萬一對方以為無人在家就糟了，慌忙把家裡每個房間的燈都打開，還特地去檢查門牌有沒有掉落，把椅子搬到門口一直豎耳傾聽門外的腳步聲，但我從八點等到九點、十點，乃至十一點……終於天亮又開始新的一天，還是沒有人來。跌落悲觀谷底的我，心裡又開始萌生各種不可自制的猜測。她沒派人來取行李，說不定正足以證明她沒把這件事看得太嚴重，也許她以為過個兩、三天自然就沒事了？

她該不會算計好了，認定「沒事，不用擔心，他很愛我，沒有我就一天都活不下去，所以肯定會來接我」？這些年來她已習慣奢華生活，她絕對無法和那種下層社會的人一起生活。可她就算去投靠別的男人，也不可能有人像我這樣珍惜她，任由她為所欲為。也許她就是很清楚這點，所以嘴上雖然逞強，其實正翹首等候我去接她？又或許，明天早上她的哥哥或姊姊就會上門來調解？他們晚上忙著做生意，所以或許必須到早上才有空。沒有人來取行李反而讓我萌生一絲希望。如果等到明天還是沒消息，那我就去接她吧。到此地步已經顧不得甚麼面子或骨氣了，本來就是因為我一時賭氣才造成這種局面。哪怕被她娘家的人嘲笑或者被她看穿弱點，我也要主動去找她跪地道歉，順便請她的兄姊幫忙說好話，說上一百萬遍「求求妳跟我回去吧」。如此一來，她的面子也保住了，應該就可以光明正大地回來了。

我幾乎徹夜未眠，等到翌日傍晚六點左右，卻還是毫無音信，我再也忍不住，衝出家門便急急趕往淺草。我現在只想盡快見到她，只要見到她就安心了！——苦戀大概就是形容這時的我吧，我的心中除了「想見她想看她」的念頭再也別無所求。

等我抵達花屋敷遊樂園後方，位於千束町錯綜複雜的巷道中的她家時大概已七點了。畢竟還是很尷尬，於是我悄悄拉開玄關門，站在脫鞋口小聲說：

「不好意思，我是從大森來的，請問 NAOMI 在嗎？」

「咦，河合先生。」

她姊姊聽到我發話從隔壁房間探出頭，一臉訝異地說。

「怎麼，您找 NAOMI？——她沒回來這裡喔。」

「那就奇怪了，她不可能沒回來，昨晚她離開時明明說要回來的……」

二十一

起初我還以為她姊姊是奉她之命故意瞞著我，所以還費盡口舌懇求，但漸漸一聽之下，才發現 NAOMI 好像真的沒回來。

「這不對勁呀……她還帶了一大堆行李，她當時那樣應該哪裡都去不成才對……」

「啊？帶了行李？」

「箱籠啦、旅行袋啦、包袱啦，她帶了一大堆。事實上，昨天我們為了一點小事吵架了……」

「所以她就負氣出走說要回來嗎？」

「不是她自己說的，是我叫她回來的。我叫她立刻回淺草，再派個人去我那裡。——因為我以為只要你們來了應該會比較好溝通。」

「噢，原來如此……不過總之她並沒有回來，若是這樣，也許晚點她會回來吧。」

「可是她昨晚就出門的話，那可不一定喔。」

就在這時她哥哥也出來說話了。

「如果您知道她可能去哪的話最好趕緊去找找看。她到現在都沒出現，看來應該就是不會回來了。」

「況且小奈沒事根本不會回來，她上次回是幾時來著？——算算已經有二個月沒露面了。」

「那麼，不好意思，如果她回來了，不管她說甚麼，都請立刻通知我一聲。」

「好，那當然，我們現在也不打算把她接回來，所以如果她來了當然會立刻通知您。」

我坐在她家門口，啜飲他們端來的苦澀茶水，一時之間毫無頭緒，她的兄姊聽到妹妹離家出走也壓根不緊張，所以就算對他們傾訴我的心聲也沒用。於是，我再次叮囑他們如果她來了一定要第一時間通知我，若是白天就打電話到我公司。不過最近我經常請假，所以如果我不在公司就請立刻打電報到大森。屆時我會來接她，所以在我抵達之前一定要留住她。我這樣嘮嘮叨叨拜託半天，但我總覺得這些人如此散漫恐怕靠不住，為了保險起見遂又將公司的電話號碼告訴他們，看這樣子他們八成連大森的地址都不知道，於是我又把地址詳細抄寫給他們才離開。

「這下子該怎麼辦呢？她到底跑去哪了？」

我幾乎快哭了——不，實際上或許真的流了幾滴男兒淚——走出千束町的小巷，我漫無目的地信步在公園閒逛，一邊思考。既然她沒回娘家，看來事態顯然比我想像中更嚴重。

「一定在熊谷那裡，八成躲到他那裡去了。」——察覺這點後，昨天她離開時說的那句「這樣我會很困擾，有很多東西現在立刻就要用到」頓時令我恍然大悟。我懂了，果然如此，她本就打算去找熊谷，所以才帶著那麼多行李。說不定他倆老早就已商量好，如果發生這種情形時就這麼做。若真是如此，這下子說不定會很棘手。首先，我不知道熊谷家在何處。就算可以查出他家地址，他也不可能把女人帶回父母家藏匿吧。他雖是不良少年，但父母似乎頗有名望，想必不會任由自家兒子做出那種醜事。該不會他也離家出走，二人一起躲在哪裡？說不定還偷了父母的錢，四處玩樂？但，就算是那樣也無妨，只要能確定她的下落就好。屆時我可以和熊谷的父母談判，要求對方好好管教兒子。哪怕他不聽父母的意見，等到錢花光了二人無法生活，最後他自然還是得回家，NAOMI 也會乖乖回來找我。雖說最後八成會是這樣，但這段期間我的痛苦該如何是好？——那會是一個月就解決，還是會拖到二個月、三個月，甚至半年？——不，那樣就真的麻煩了。說不定這樣拖久了她就真的不會回來了，也說不定她在這中間又有了第二個、第三個男人。看來我不能再拖拖拉拉了。這樣分離越久只會讓她離我越遠。她正在分分秒秒離我遠去。可惡！妳就算想逃也逃不掉！我一定會把妳找回來！俗話說病急亂投醫，臨時抱佛腳，我從來不相信甚麼神佛，但此刻我忽然想起這句話，遂虔誠膜拜觀音菩薩。並且真心祈求「請保佑我盡快找到 NAOMI 的下落，請讓她明天就立刻回來」。之後我自己也不知走到何處，進了兩、三家酒吧，喝得爛醉，回到大森大概已過了深夜十二點。然而，雖然醉了，她的身影依然時刻縈繞腦海，想睡也睡不著，後來酒醒了，我又開始優柔寡斷地思考這件事。該怎麼查出她的下落？她是否真的和熊谷一起逃走了？就算要去熊谷家談判也得先確認這點，否則太過輕率，可是除非委託私家偵探，否則我毫無辦法確認……左思右想之後，我忽然想到那個濱田。對了，不是還有濱田在嗎？我差點忘了他，他應該會站在我這邊吧。上次和他在「松淺」道別時應該有留下他的住址，明天一早就立刻寫信給他吧。寫信太慢了還是直接打電報？那樣好像又有點太小題大作，他應該有電話，還是打電話給他請他過來一趟？不不不，用不著叫他來，有那個時間還不如讓他直接去找熊谷。這個節骨眼最要緊的就是得知道熊谷的動靜。如果是濱田應該有人脈，想必會立刻向我報告。目前能夠體諒我的痛苦拯救我的人，除了他再無別人。雖說此舉或許也是「病急亂投醫，臨時抱佛腳」……

翌日早上，我七點就跳起來直奔附近的自動電話，翻開電話簿，幸運地找到濱田家的號碼。

「啊，您找少爺嗎，少爺還沒起床……」他家的女傭接起電話如此說。

「不好意思，我有急事，麻煩妳去叫他一下……」

我厚著臉皮請求，過了一會，來接電話的濱田用睡意濃厚的聲音說：

「是河合先生嗎？大森的那位？」

「對，就是我，大森的河合，之前給你添了不少麻煩，今天又突然在這個時間打電話，實在很抱歉，事情是這樣的，NAOMI 逃走了——」

說到「逃走了」時，我不禁語帶哽咽。這是個非常寒冷彷彿冬天的早晨，我的睡衣外面只套了一件棉袍就慌慌張張出門，所以我握著話筒不由渾身哆嗦。

「啊，NAOMI 她——果真如此啊。」

沒想到濱田意外平靜地如此回答。

「這麼說來，你已經知道了？」

「我昨晚遇到她了。」

「啊？NAOMI 嗎？……你昨晚遇到她了？」

這次，和之前不同的戰慄，令我渾身打擺子。由於抖得太厲害，門牙甚至狠狠撞上話筒。

「昨晚我去黃金鄉跳舞，結果她也來了。雖然沒問她，但我看她樣子不大對勁，所以猜想八成是這麼回事。」

「她跟誰一起去的？是不是熊谷？」

「不只是熊谷，還有五、六個男人一起，其中也有西洋人。」

「西洋人？……」

「對，沒錯，而且她穿著非常華麗的洋裝。」

「她離家時，根本沒有帶洋裝……」

「總之她穿的就是洋裝，而且是非常正式的晚禮服。」

我一頭霧水，就這麼愣住了，完全想不出來該問甚麼。

二十二

「啊，喂？你怎麼不說話？河合先生……喂……」

大概是我在電話這頭沉默太久，濱田如此催促道。

「喂？你還在嗎？……」

「嗯……」

「河合先生？……」

「嗯……」

「你怎麼了……」

「嗯……我一時不知如何是好……」

「但你就算在電話中思考也沒用吧？」

「我當然知道這樣沒用……可是濱田君，我真的很困擾。我已經不知該怎麼辦了。自從她走後，我痛苦得連晚上都睡不好……」

這時為了乞求濱田的同情，我極力帶著哀傷說。

「……濱田君，這種情況下，我除了你沒有別人能指望，所以雖然知道這樣會給你造成麻煩，但我、我……我真的很想知道她的下落。我想確認她現在是在熊谷那裡，還是在別的男人那裡。所以我有個任性的請求，我想請你幫我去打聽一下……因為我想，比起我自己去問，你或許有更多管道可以打聽……」

「是啊，如果我去打聽一下，或許立刻就知道了。」

濱田毫不在意地輕鬆說，

「不過河合先生，你完全想不出她可能會去哪裡嗎？」

「我本來以為她一定在熊谷那裡。在你面前我就直說了，其實她到現在還背著我和熊谷偷偷來往。結果之前被我發現了，所以我們大吵一架，她才會離家出走……」

「嗯……」

「可是現在聽你這麼一說，她又和甚麼西洋人還有一群男人在一起，還穿了甚麼西洋禮服，這下子我完全搞糊塗了。不過如果你能去找熊谷問問，我想應該可以知道大致狀況……」

「好，沒問題，沒問題。」

濱田彷彿要打斷我嘮嘮叨叨吐苦水，如此說道。

「總之我先去打聽看看。」

「而且我想拜託你越快越好……可以的話最好今天之內就把結果通知我，我會感激不盡……」

「啊，這樣子嗎，我想應該今天之內就能知道，等我問清楚了該怎麼通知你？你現在還是在大井町的公司嗎？」

「不，自從這件事發生後，我一直沒去上班。因為我總覺得 NAOMI 說不定會回來，所以我盡量守在家裡不出門。另外我還有個任性的要求，打電話有點不方便，還是當面講清楚最好……你看這樣好不好，如果你打聽到消息，能否來大森一趟？」

「好啊，沒關係，反正我也閒著。」

「啊，謝謝，你肯幫忙真是太好了！」

這麼說定後，我簡直是引頸期待濱田的道來，所以我又性急地追問，

「那你大概幾點會來？最晚兩、三點應該就能打聽清楚了吧？」

「這個嘛，我想應該可以，不過沒有實際見到人之前我也無法給你明確的答覆。我會盡量採取最妥善的方法，不過如果弄得不好說不定可能得兩、三天時間……」

「那，那也沒辦法，不管是明天或後天，我都會在家等你來。」

「我知道了，詳情等我們見面之後再談。——那我掛電話了。」

「啊，等一下等一下！」

電話要掛斷時，我慌忙又喊濱田。

「等一下……那個，還有……這個當然要看到時候的情況，不過如果你能直接見到NAOMI，而且有機會跟她講話，我想請你替我轉告她——我絕對不會追究她的錯誤，關於她的墮落，我很清楚自己也有過失。所以對於我的過失我願意一再道歉，她有甚麼條件我都會答應，希望她能將過去忘了，重新回到我身邊。如果她不

肯，至少也再跟我見一面。」

說到「有甚麼條件我都會答應」時，坦白講，下一句我甚至想說「如果她叫我跪下認錯，我也會欣然跪下。就算叫我磕頭，我也願意磕頭。我會用盡一切方法賠罪」，但我終究不好意思把話說到那個地步。

「如果可以的話，請你轉告她，我是如此思念著她……」

「啊，這樣子嗎，有機會的話我一定會這樣充分轉告。」

「還有，那個……你也知道她的脾氣，所以就算她想回來，或許也會賭氣死要面子。如果她那樣，你就告訴她我非常憔悴沮喪，最好就算用拉的也把她拉回來……」

「知道了，知道了，我無法打包票保證，但我會盡力而為。」

由於我太囉嗦，濱田的語氣似乎有點不耐煩，但我還是抓著電話喋喋不休連打了三通，直到錢包中的五錢銅板用光為止。這大概是我生平第一次這樣時而語帶哽咽時而顫抖，而且如此滔滔不絕、厚顏無恥地說個不停吧。但，打完電話後，我不僅沒有如釋重負，反而更加焦慮地等待濱田的到來。雖然他說今天之內應該會打聽到，但他如果今天不來，我該怎麼辦？——不，與其說怎麼辦，應該問我會變成怎樣？我現在，除了死命痴戀 NAOMI 之外，沒別的事可做。我自己也無能為力。我睡不著，吃不下，也不敢出門，整天窩在家中，只能束手無策地等待一個外人替我奔走，為我帶來消息。實際上人甚麼都不做才是最痛苦的，更何況我還對 NAOMI 思念得要死。那種思念令我焦灼難耐，同時卻只能把自己的命運交付他人，對著時鐘的指針乾瞪眼，這不管怎麼想都無法忍受。哪怕只是短暫一分鐘，「時間」的步調都遲緩得驚人，感覺無限漫長。這樣的一分鐘要過六十次才一小時，過一百二十次才二小時，假設等待三小時吧，這樣無所事事、坐立不安的「一分鐘」，就必須盯著時鐘的秒針滴滴答答繞著圓圈一周的模樣一百八十次！如果不只是三小時，而是四小時、五小時，甚至半天、一天、二天、三天，那我想我肯定會因為痴等和相思過度而發瘋。

不過，我本來已有心理準備濱田就算來得再快恐怕也得等到傍晚，沒想到打完電話的四小時後，到了中午十二點左右，門鈴尖銳響起，繼而傳來濱田令人意外的一聲「午安」，我不禁高興得跳起來，急忙跑去開門。一邊用急躁不安的語氣說：

「啊，午安。我現在就幫你開門，因為我鎖起來了。」

同時心中忽然暗忖「沒想到他這麼快就來了，看來他也許順利見到NAOMI了。也許見面之後立刻談妥，直接把她一起帶回來了」，於是更加喜悅，心情格外振奮。

開門後，我以為她會跟在濱田身後，連忙四下張望，可是沒看到半個人影。只有濱田一個人站在門口。

「啊，之前不好意思。結果怎麼樣？你問清楚了嗎？」

我劈頭就用咄咄逼人的語氣追問，濱田倒是從容不迫，憐憫地望著我，

「對，問是問清楚了啦……但是河合先生，她已經沒救了，你還是死心吧。」

他斬釘截鐵地說著大搖其頭。

「這、這、這話是甚麼意思？」

「還能有甚麼意思，簡直太扯了——我是為了你好才這麼說，我看你就趁早忘了她吧。」

「如此說來，你見到她了？和她當面談過，可是結果令人絕望？」

「不，我沒見到她。我是去找熊谷，向他打聽清楚了。結果聽到的消息太過分，讓我大吃一驚。」

「可是濱田君，NAOMI 到底在哪裡？請你先告訴我這個。」

「她在哪裡並不是很確定，因為她四處過夜。」

「有那麼多地方可以讓她四處過夜嗎？」

「她不曉得有多少個你不認識的異性朋友。不過，她和你吵架那天，據說是去了熊谷那裡。而且本來她如果事先打個電話通知，悄悄過去也就算了，問題是她居然帶著行李，坐著計程車，不聲不響就突然讓車子開到熊谷家門口，把熊谷家的人都嚇了一跳，不知她到底是甚麼人，所以就連熊谷也說當時場面超尷尬，根本不可能開口請她進屋。」

「嗯哼，後來呢？」

「所以沒辦法，只好把行李藏在熊谷的房間，二人先出去，之後據說去了甚麼不正經的小旅館，而且那家旅館，好像就是你大森住處附近的那個某某樓，那天早上他們也是在那裡幽會才被你發現的，你說他們是不是很大膽？」

「那麼，那天他們又去了那裡？」

「對，聽說是這樣。熊谷得意洋洋地加油添醋向我秀恩愛，讓我聽得很不快。」

「如此說來，當晚他倆就睡在那裡？」

「那倒沒有。他們在那裡待到傍晚，然後就一起去銀座散步，據說後來在尾張町的十字路口就分開了。」

「可是那就奇怪了。熊谷那小子，該不會在說謊吧——」

「不，你先聽我說完，臨別時熊谷有點同情她，就問她今晚要去哪過夜，她說『可以過夜的地方多得是，接下來要去橫濱』，看起來一點也不難過，據說後來就這樣大步朝新橋走去。」

「去橫濱？誰家在那裡？」

「說到這個才奇怪，就算她人面再怎麼廣，橫濱那邊應該也沒人可以收留她，所以熊谷以為她嘴上那樣說，八成回大森去了，沒想到隔天傍晚她打電話來說，『我在黃金鄉等你，你馬上來。』熊谷說他去了一看，只見她穿著令人眼睛一亮的晚禮服，拿著孔雀羽毛扇子，身上掛著項鍊啦、手環啦珠光寶氣的，被西洋人和一群男人圍繞，玩得開心得很呢。」

聽濱田敘述，就像打開驚奇箱，不斷有驚人的事實跳出來。換言之，NAOMI第一晚似乎是住在西洋人那裡，那個西洋人叫做威廉・馬卡內爾，就是我第一次和她去黃金鄉跳舞時，沒人介紹就自己湊過來，硬要拉她一起跳舞的那個厚顏無恥、油頭粉面的娘娘腔。沒想到還有更驚人的——這是熊谷的觀察——NAOMI在那晚去借宿之前，和那個馬卡內爾的關係並沒有那麼親近。不過她好像老早就對那男的有意思。畢竟那傢伙長了一張比較討女人喜歡的小白臉，身材修長，有點像演員，不僅在跳舞同好之間有「色魔西洋人」的傳聞，NAOMI自己也說「那個西洋人的側臉很帥，有點像約翰・巴里」——約翰・巴里是美國演員，也就是知名的電影明星約翰・巴里摩[15]。——可見她的確看上那傢伙了。或者說不定她還對人家拋過媚眼。而馬卡內爾這廝，看到「這女人對我有意思」，大概也調戲過她。所以他們並非朋友，她肯定只是因為那樣的一面之緣就厚著臉皮上門投靠。而且等她去了之後，馬卡內爾覺得意外飛來一隻有趣的小鳥兒，於是大概就演變成——「妳今晚要不要住我家？」「好啊，住你家也行喔。」

「不管怎麼說，我還是有點無法相信，怎麼可能無緣無故跑去只見過一面的男人家，當晚就立刻住下——」

「可是河合先生，我認為她的確做得出這種事喔，馬卡內爾似乎也覺得有點不可思議，昨晚據說還問過熊谷『這位小姐到底是何方神聖』。」

「連女人的身分來歷都不知道就讓她留下來過夜，我看他也不正常。」

「他不僅讓她留下過夜，還給她穿晚禮服，拿項鍊手鍊打扮她，可見有多誇張。而且你知道嗎，才一個晚上他們就變得很親密，NAOMI 據說還不停親暱地喊那傢伙『威利、威利』。」

「那麼，衣服和項鍊都是那男的買給她的？」

「好像有的是新買的，不過以西洋人的作風，好像也有向朋友借來女人的衣裳暫時讓她湊合著穿。八成是她先撒嬌說『想穿洋裝』，後來男人也開始討好她吧。」

---

15 約翰・巴里摩（John Barrymore，一八八二—一九四二），美國著名電影演員，在二十世紀早期憑藉其俊朗的外表曾紅極一時。

那件洋裝也不是那種市售成衣，而是完全吻合她的體型，鞋子也是那種法國細跟的高跟鞋，整雙鞋都是漆皮，鞋尖點綴著大概是新鑽石之類的珠寶發出碎光。昨晚的NAOMI簡直像童話中的灰姑娘變身。」

聽到濱田這麼說，我想像她的灰姑娘模樣不知有多麼美麗，頓時不由自主地感到雀躍，但下一瞬間，我又因她的不檢點目瞪口呆，心情既可悲又窩囊還有點不甘心，總之是難以形容的不舒坦。她去找熊谷也就算了，居然還去投靠找來歷不明的西洋人，半推半就地厚著臉皮住下來，甚至讓人家給她買衣服，這是到昨天為止好歹是有夫之婦的女人該做的行為嗎？那個和我長年同居的NAOMI，原來是如此淫穢像妓女一樣的蕩婦嗎？難道我直到此刻才發現她的真面目，過去一直沉迷在愚蠢的幻夢中？啊，原來如此，濱田說得對，就算我再怎麼迷戀她，也不得不對那個女人死心了。我在自取其辱，我丟盡了天下男人的臉……

「濱田君，雖然好像很囉嗦，但我還是要再問一次，你剛才說的通通都是事實嗎？不僅熊谷可以證明，你也能證明吧？」

濱田見我眼泛淚光，憐憫地點頭說，

「聽到這種話，我也能察覺你的心情，實在不忍開口，但昨晚我也在場，而且熊谷說的話想必大致都是真的。除此之外如果真要說的話其實還發生了很多事，你聽了想必會恍然大悟，但能否請你不要再追問下去，就相信我好嗎？我絕對不會因為好玩就誇大其辭——」

「好，謝謝，聽到這裡已經夠了，沒必要再知道更多……」

不知怎地，說到這裡我的話就哽在喉頭，大顆眼淚忽然劈里啪啦掉下來，我心想「這樣不行」，突然一把抱住濱田，把臉埋在他的肩上。然後嚎啕大哭，扯高嗓門吶喊：

「濱田君！我、我……我已經徹底對那個女人死心了！」

「應該的！你這樣說是理所當然！」

濱田或許也被我感染，同樣哽咽著說。

「老實說，我今天就是要來告訴你，NAOMI 那邊已經沒救了。當然以她的個性，說不定哪天又會泰然自若地回來找你，但是現在，事實上，根本沒人是真心和她交往。如果照熊谷的說法，大家等於把她當玩物，甚至還替她取了我無法啟齒的難聽綽號。這些日子，在你不知情的情況下不知給你帶來多大的羞辱……」

曾經和我一樣熱烈迷戀 NAOMI 的濱田，也和我一樣遭她背棄的濱田——這個少年，充滿悲憤，打從心底替我著想說出的每一字每一句，都有利刃挖出腐肉的效果。成為大家的玩物，替她取了難以啟齒的難聽綽號——這可怕的一刀反而讓我神清氣爽，就像瘧疾康復般頓時肩膀一輕，連眼淚都止住了。

二十三

「河合先生，我看你也別這樣整天關在家裡，不如出去散散步換個心情吧？」被濱田這麼鼓勵後，我說，「那就請你等我一下。」這二天我甚至沒漱口沒刮鬍子，拿剃刀修面洗臉後，心情清爽多了，和濱田一起出門時已是二點半左右。

「這種時候，反而該去郊外散步。」濱田說，我也贊成，

「那麼，就朝這邊走吧。」

說著，朝池上的方向邁步，但我忽然心生不祥，頓時駐足。

「啊，不能走那邊，那個方位是不吉利的鬼門。」
「啊？怎麼說？」
「剛才你提到的那家曙樓，就在那個方位。」
「啊，那可不妙！不然怎麼辦？現在沿著海岸一直走，去川崎那邊看看？」
「好，應該可以，那樣最安全。」
於是濱田轉身朝火車站的方向走去，不過仔細想想，那個方向也不是毫無危險。NAOMI 如果還會去曙樓，說不定這時候正好和熊谷相偕走出來，也可能和那個洋鬼子往返京濱之間，總之不管怎樣，省線電車的停靠站都是大忌，於是我隨口說，
「今天真是麻煩你了。」
我說著率先彎過橫巷，打算越過田埂間的平交道。
「小事，不用在意，反正我早就料到遲早會發生這種情形。」
「嗯，在你看來，我這人一定很滑稽吧？」
「不過有段時期我也很滑稽，所以沒資格嘲笑你。只是在我自己的熱情退燒

後，我非常同情你。」

「不過你年紀輕所以還好，像我這樣都已經三十幾歲了，還發生這麼荒唐的事，簡直丟人。而且如果你沒告訴我，我還不知道會繼續荒唐到甚麼時候……」

來到田間，晚秋的天空彷彿要安慰我，高遠、晴朗且亮麗，但強風呼嘯而過，吹得我哭過的紅腫眼眶火辣刺痛。而遠處的鐵軌那邊，被我視為大忌的省線電車轟隆駛過田地之間。

「濱田君，你吃過午飯了嗎？」

我們沉默走了一會後，我說。

「不，其實還沒吃，你呢？」

「我從前天開始就只喝酒幾乎沒吃過東西，現在忽然覺得很餓。」

「那當然會餓，你還是別這麼糟蹋自己了，弄壞身體可不是好玩的。」

「不，不要緊，托你的福我已經大徹大悟了，今後不會再糟蹋自己。我打算從明天起重新做人，而且也該去上班了。」

「對，那樣正好也能轉換心情。記得我以前失戀時，為了讓自己遺忘煩惱，好像也是拼命玩音樂。」

「如果懂音樂，這種時候一定很有用吧。可惜我沒那種天分，只能埋頭投入公司的工作。——不過總之我現在餓得要命，我們找個地方吃飯吧？」

我倆就這樣邊聊天邊漫步走到六鄉那裡，之後不久就進了川崎街上某家牛肉店，吃著咕嘟咕嘟煮沸的火鍋，又像上次在「松淺」那樣開始喝酒。

「欸欸欸，你也來一杯吧？」

「啊，你喝這麼兇，空著肚子會醉喔。」

「沒關係啦，今晚算是我替自己去霉氣，所以你就喝一杯為我慶祝吧。明天起我就會戒酒，所以今晚大醉一場又何妨。」

「啊，這樣子嗎，那就祝你健康。」

等到濱田臉紅如火，滿臉的青春痘，就像牛肉煮沸那樣一顆顆發亮時，我也已醉得很厲害，分不清究竟是喜是悲了。

「對了濱田君，我有個問題想問你。」

我相準時機，促膝傾身靠近他，

「你說 NAOMI 被他們取了難聽的綽號，到底是甚麼綽號？」

「不，那個我不能說，那實在太難聽了。」

「就算難聽又有何妨。反正她已經與我不相干了，你還有甚麼好顧忌的。哪，你就告訴我嘛。如果你肯說出她的綽號，我反而更能夠徹底放下。」

「你或許是這樣覺得，但我終究難以啟齒，所以請放過我吧。總之很難聽，你自己想像一下就知道了。不過這個綽號的由來倒是可以告訴你。」

「那你就說說那個由來吧。」

「不過河合先生……傷腦筋。」

濱田說著抓抓頭，

「那真的很難聽，如果你聽了，就算你不在意她了肯定還是會很不愉快。」

「沒關係，沒關係，你別擔心儘管說！我現在純粹只是基於好奇心想知道她的祕密。」

「那我就稍微透露一點那個祕密吧——你知道今年夏天在鐮倉時，她到底有幾個男人嗎？」

「不知道，就我所知，只有你和熊谷，除此之外還有嗎？」
「河合先生，你聽了可別驚訝——關和中村其實也是她的入幕之賓。」
我本來醉了，這下子彷彿渾身竄過電流。我不禁抓起眼前的酒杯連灌五、六杯之後才開口。
「如此說來，當時那群人，全部都有份？」
「對，沒錯，而且你知道他們是在哪裡幽會嗎？」
「在那個大久保別墅？」
「就在你向盆栽店租的那間偏屋。」
「嗯……」
我應了一聲，就如同窒息般陷入死寂，最後我終於擠出呻吟似的聲音：
「嗯，這樣啊，我的確很驚訝。」
「所以當時最困擾的恐怕是盆栽店老闆娘吧。礙於熊谷的情面，她也不能直接趕人，可是自家房子變成了某種魔窟，各種男人頻繁出入，對附近鄰居也很難交代，況且萬一被你發現了更不得了，所以她似乎一直提心吊膽。」

「噢，原來如此，被你這麼一說我想起來了，有一次我追問 NAOMI 的行蹤，老闆娘非常驚慌，看起來畏畏縮縮的，原來是因為這樣啊。大森的房子成了你的幽會地點，盆栽店的偏屋成了魔窟，而我居然被蒙在鼓裡，唉呀呀，我真是可悲啊。」

「啊，河合先生，大森的事就別說了！如果你提起那件事我又得道歉。」

「哈哈哈，沒關係啦，一切都已經過去了，不會有影響的。不過只要一想到我居然被 NAOMI 那傢伙騙得團團轉，就算受騙也很痛快。因為她的說謊技巧實在太高明，只能讓我嘆為觀止。」

「就像相撲的招式，被對手狠狠來個過肩摔呢。」

「我也有同感，的確如你所言。——所以呢，那群男人被她玩弄於股掌之間，難道彼此都不知情嗎？」

「不，他們都知道，有一次甚至還有二人正好都去找她當場碰個正著。」

「那他們不會起內鬨嗎？」

「他們彼此在檯面下結為同盟，把她當成共有物。所以後來才替她取了難聽的綽號，私底下都用那個綽號稱呼她。你不知情反而比較幸福，我卻越想越不是滋味，一心只想拯救她，沒想到我提出意見後她翻臉大怒，反而把我當傻子，所以我也沒轍了。」

濱田或許是想起當時種種，語氣頗為感傷，

「河合先生，上次在『松淺』見面時，我還沒跟你說這麼多，對吧——」

「照你當時的說法，能夠任意擺布她的是熊谷——」

「對，沒錯，當時我是這麼說的。不過那並非謊言，她和熊谷在作風粗枝大葉這點似乎臭味相投，所以交情最好。熊谷算是那群人中的領袖。壞事全是他教的，所以我才會那樣對你說，至於其他的事當時實在無法對你透露更多。因為當時你還沒放棄她，而且我也衷心祈求你能把她導向善良的正途。」

「結果我不僅沒能引導她，反而被她拖下地獄——」

「碰上她，任何男人都會這樣。」

「她有種不可思議的魔力。」

「那的確是一種魔力沒錯！我也感覺到了，所以我不敢再接近她，因為我已醒悟，如果接近她會很危險。」

NAOMI、NAOMI——彼此不知提到這個名字多少次。我倆用那個名字下酒。那柔滑的發音，彷彿比牛肉更美味的食物，我們以舌頭品味，以唾液舔舐，然後放入唇齒間。

「不過，被那樣的女人欺騙一次也不錯。」

我不勝感慨地說。

「那倒是！總之她讓我嘗到了初戀滋味。哪怕只是短暫片刻，至少她讓我做了美夢，這麼一想不得不感謝她。」

「不過她今後不知會怎樣，那種女人的下場會如何？」

「誰知道，恐怕只會越來越墮落吧。聽熊谷的說法，她好像也不可能在馬卡內爾那裡待太久，八成過個兩、三天又會去別處吧。她說過行李還放在我家所以也許會來找我，不過歸根究柢她難道沒有自己的家嗎？」

「她家在淺草經營私娼寮——因為可憐她，所以過去我從未告訴任何人。」

「啊，原來如此，出身背景果然免不了有影響。」

「照她的說法，她家本來是旗本武士[16]，自己出生時住在下二番町的氣派大宅。『奈緒美』這個名字是她祖母取的，據說祖母在鹿鳴館時代[17]是個會跳舞的時尚人士，不過我也不知道她講的到底有幾分是真的。畢竟她的家庭環境太惡劣，事到如今，我對這點深有感觸。」

「聽你這麼一說，我更害怕了，她天生就流著淫蕩的血液，注定會是那樣的命運吧，枉費她有幸被你收養——」

我倆在那裡聊了三個小時，離開時已過了晚間七點，但好像怎麼聊都聊不夠。

「濱田君，你要搭省線回去嗎？」

走在川崎的街上，我說。

「不知道，繼續步行也很累——」

「說的也是，我要搭京濱電車，她如果在橫濱，我覺得搭乘省線好像很危險。」

---

16 旗本武士，江戶時代將軍的直屬家臣，地位僅次於「大名」的高級武士。

17 鹿鳴館是明治時代日本貴族接待外國國賓的宴會場所，當時以鹿鳴館為主的親歐美外交政策被稱為「鹿鳴館外交」，因此推廣歐化主義的那段時期被稱為「鹿鳴館時代」。

「那我也搭京濱好了。——不過她那樣四處亂跑，遲早有一天還是會在哪遇見吧。」

「如果真的變成那樣，那我都不敢隨便出門了。」

「她肯定會頻繁出入舞場，所以銀座一帶是最危險的區域。」

「大森也不是毫無危險，有橫濱，有花月園，還有那家曙樓……說不定，我會把那棟房子退租改去別處寄宿。在事情冷卻之前我暫時都不想看見她。」

於是濱田陪我一起搭乘京濱電車，在大森與他道別。

二十四

就在我如此飽受孤獨與失戀折磨之際，又發生了一起悲劇。不是別的，是家鄉的母親突然腦溢血過世了。

收到母親病危的電報，是在我與濱田見面二天後的早上，我在公司接到電報後，立刻趕往上野搭車，傍晚抵達鄉下的家，但當時母親已陷入昏迷，似乎看到我也認不出來，過了兩、三個小時就嚥氣了。

我自幼喪父，由母親一手撫養長大，因此這算是我第一次親身經歷「失親之痛」。況且母親與我的感情遠比世間一般母子更親密。回想過去，在我記憶中從未頂撞過母親，母親也從未罵過我。那一方面當然是因為我尊敬她，但更重要的，毋寧是因為母親非常體諒我，也非常慈愛。世人常說兒子長大離鄉背井去都市後，父母動不動就會擔心，或者懷疑孩子素行不良，或者因此關係疏遠，但我的母親，即便在我去東京後依然信任我，理解我，時刻為我著想。我下面只有二個妹妹，所以讓我這個長子離家，母親想必寂寞又徬徨，但母親從未對我發過牢騷，總是祈求我能出人頭地。因此，比起在她膝下承歡時，當我隻身遠在異鄉，反而更加強烈感受到她的慈愛有多深。尤其是我和 NAOMI 結婚前後，以及後來的種種任性要求，母親每次都爽快允諾，思及那種溫情不由我熱淚盈眶。

這樣的母親，竟然如此意外地驟逝，我守在她的遺體旁彷彿還在作夢。昨天還為 NAOMI 的美色魂牽夢縈的我，以及如今跪在佛前手持線香的我，這二個「我」的世界，好像怎麼想都無法扯到一起。昨天的我是真正的我嗎？抑或今日的我才是真正的我？——當我嘆息、悲痛、驚愕地以淚洗面，並且這樣自我反省時，就會有這樣的聲音不知從何而來。同時也聽見另一個聲音囁嚅「你的母親之所以會死，並非偶然。你母親是為了警惕你，給你教訓」。我後悔莫及地追思母親的身影，深感對不起母親，悔恨的眼淚再次潰堤，哭得太兇很丟人，因此我悄悄登上屋後的後山，俯瞰充滿我少年時代回憶的森林、野徑及田園風景，同時躲在那裡繼續哭泣。

如此強烈的悲痛，似乎將我淨化得晶瑩剔透，至於身心堆積的汙穢，不消說，自然也因此滌清。如果沒有這場悲劇，或許此刻我還忘不了那個卑賤的淫婦，猶在為失戀而苦惱。這麼一想，母親的逝世果然並非毫無意義。不，至少，我不會讓她死得毫無意義。當時我想，自己早已厭倦都市的空氣，雖說要出人頭地，但是在東京徒然過著輕佻浮華的生活根本不是出人頭地。像我這種鄉下人到頭來還是最適合待在鄉下。不如就此返鄉，親近故土吧。從此一邊替母親守墓，一邊與村民打交道，繼承祖先家業做個農夫吧。但，雖然我萌生這種想法，可是叔叔、妹妹及親戚們的意見是「那樣決定太倉促了，現在你感到無力是難免的，但是一個大男人，也犯不著因為母親過世就葬送自己的大好前程吧。每個人面臨父母過世都會一時灰心喪志，但是過一段時間後那種悲傷自然會淡去。所以你如果非要這麼做也無妨，不過還是好好考慮之後再作決定吧。更何況，如果你突然辭職對公司也說不過去」。我差點脫口而出「其實不只是那個原因，我還沒告訴大家，我老婆跑了……」但當著眾人面前我不好意思說，就在磨蹭之中錯失說出真相的機會。（關於 NAOMI 沒有隨我回鄉，我是用她生病為由搪塞過去。）母親的頭七法會做完後，剩下的事就交給替我管理財產的叔叔夫妻，總之我還是聽從大家的意見先回到東京。

但我就算去公司上班也做得很沒勁。況且社內對我的印象也不比從前了。曾經認真勤奮、品行端正甚至被取了「君子」這個綽號的我，因 NAOMI 的事蒙上汙點，不再受到主管與同事信任，甚至就連這次母親過世，都有人嘲諷我是拿這個當藉口請假。因此我越發萌生去意，母親二七那天我回鄉住了一晚時，忍不住對叔叔說「我也許會辭職」。叔叔叫我別衝動，並未把我的話當真，所以隔天我只好又勉強回去上班，但在公司的期間還好，傍晚至深夜這段時間卻格外難熬。因為我還沒下定決心到底要搬回鄉下還是繼續留在東京，所以並未找地方寄宿，依舊獨自睡在大森空曠的家中。下班後，我還是不想遇見 NAOMI，因此我盡量避開熱鬧場所，搭乘京濱電車直接返回大森。在附近隨便吃碗蕎麥麵或烏龍麵打發晚餐之後就再也無事可做。無奈之下只好上樓去寢室鑽進被窩，但往往輾轉反側，躺了兩、三個小時還是毫無睡意。所謂的寢室，就是閣樓的小房間，迄今還放著她的行李，過去五年來失序、放蕩、荒唐的氣息已滲透牆壁及梁柱。那種氣味換言之是她的體味，懶散的她從來不洗髒衣物，揉成一團就隨手亂塞，因此迄今那股氣味仍籠罩通風不佳的室內。我覺得這樣下去不是辦法，後來乾脆都睡在畫室沙發上，但還是一樣無法輕易入眠。

母親死後過了三週，進入十二月，我終於下定決心辭職。並且基於公司的考量，決定做到年底再走。不過此事我並未和任何人事先商量，一切都是自行決定，因此家鄉那邊還不知道，不過眼看只要再忍耐一個月就好，因此我多少也比較平靜了。心情有了幾分從容，閒暇時也會看看書或出門散步，但危險區域我還是堅決不靠近。某晚我因為太無聊，走到品川那邊時，臨時決定去看松之助[18]的電影打發時間，遂走進電影院，正好在放映勞埃德[19]的喜劇，看到年輕的美國女明星出現，果然又讓我想起昔日種種，當下再也受不了。那時我暗想，「這輩子都不看西洋電影了」。

沒想到，就在十二月中旬的某個星期天早上。我正躺在二樓，（當時睡畫室已經太冷了，我只好又搬回閣樓）忽然聽到樓下傳來窸窸窣窣的動靜，似乎有人走動。我心想，奇怪，我明明鎖了門……正在這麼思忖時，熟悉的腳步聲響起，那個腳步聲大剌剌上樓，我還來不及緊張，一個快活的聲音已喊著「午安」，鼻尖前的房門猛然開啟，NAOMI 就站在我眼前。

「午安。」

她又說一次，神情訝異地看著我。

「妳來幹嘛？」

我壓根不打算從床上起來，平靜、冷淡地這麼說。同時也暗自驚詫這人居然還有臉大搖大擺地回來。

18 尾上松之助（一八七五—一九二六），日本電影演員，被認為是日本首位電影巨星。

19 哈羅德．勞埃德（Harold Clayton Lloyd, Sr.，一八九三—一九七一），美國電影演員、製片人，為默片時代最有影響力的喜劇演員之一。

「我嗎？——我回來拿行李呀。」

「拿行李沒問題，但妳是從哪進來的？」

「從大門。——我有鑰匙。」

「那妳把鑰匙留下再走。」

「好，我會把鑰匙留下。」

之後我就翻身背對她沉默不語。接下來有一陣子她就在我枕邊乒乒乓乓收拾包袱，後來響起解腰帶的聲音，我定睛一看，只見她來到房間角落，而且是我視線可及之處，背對著我換衣服。剛才她進來時，我一眼就留意過她的服裝，那是我沒看過的廉價銘仙和服，而且大概是天天都穿那件，衣領已經髒了，膝蓋的地方也變形了，渾身皺巴巴的。她解開腰帶後，脫下那件髒兮兮的銘仙，身上只剩下一件同樣很髒的棉紗長襯裙。接著，她拿起剛找出來的金紗皺綢長襯裙，輕飄飄搭在肩上，全身扭來扭去，就把底下穿的那件棉紗襯裙像蛻殼似的滑溜溜落到榻榻米上，接著穿上她以前很喜歡的一件龜甲圖案飛白的大島和服，纏上紅白格子的窄腰帶，把腰身勒得很緊，本以為她接著要綁寬腰帶，沒想到她忽然轉身對著我彎腰，開始換足袋。

她的裸足對我而言是最強烈的誘惑，所以我本來盡量不去看，卻還是忍不住不時偷瞄一眼。她當然也意識到這點，所以故意把腳像魚鰭扭來扭去，不時彷彿要刺探我，悄悄注意我的眼神。但，換好足袋後，她把脫下的髒衣服匆匆收拾好，說聲再見就拖著包袱朝門口走去。

「喂，把鑰匙留下。」

這時我才終於開口。

「啊，對了對了。」

她說著，從手提包取出鑰匙，

「那我把鑰匙放在這裡了——不過，我的行李一次搬不完，或許還會再來一趟。」

「妳不用再來，我會把妳的東西送去淺草的家。」

「不能送去淺草，有點不方便。」

「不然該送去哪裡？」

「我現在還不確定會住在哪裡……」

「如果這個月之內妳不來拿，我就直接送回淺草那邊了——我總不可能永遠把妳的東西留在這裡。」

「好，我知道了，我會盡快來拿走。」

「還有，我要先聲明，妳最好叫車子一次都搬走，派人來就行，妳自己不要來。」

「這樣啊——那，我知道了。」

然後她就走了。

我以為這下子可以安心了，沒想到過了兩、三天，晚間九點左右我正在畫室看晚報，忽然響起喀嚓一聲，有人將鑰匙插進大門。

二十五

「誰？」

「是我。」

聲音響起的同時門已砰地打開，一團黑色如大熊的物體從門外的夜色闖入屋內，但來人當下脫下那團黑色外皮，露出狐狸般雪白的肩膀和手臂，身穿淺藍色法蘭西縐綢長裙，是個陌生的年輕西洋婦人。豐腴的脖子上掛著璀璨如彩虹的水晶項鍊，遮住眼睛的黑色天鵝絨帽子下方，只能看見白得可怕甚至有種神祕感的鼻尖和下巴尖，更加襯托出嘴唇的豔紅。

「晚安。」

當那個西洋女人說著摘下帽子時，我才感到「咦，這個女人是？——」之後仔細打量那張臉，這才漸漸發現她是NAOMI。這麼說好像很不可思議，但事實上她的模樣的確和以前大不同。不，如果光是模樣，就算再怎麼改變也不可能認不出來，問題是首先欺騙我的眼睛的就是那張臉。不知施加了甚麼魔法，那張臉從膚色、眼神乃至臉孔輪廓都完全變了樣，如果沒聽到她的聲音，就算現在她脫下帽子，我可能還以為這女人是哪個陌生西洋人。其次，正如前面所說，她的膚色白得可怕。露在衣服外面的豐腴肉體各個部分，都像蘋果果肉一樣雪白。她在日本女人當中並不算黑，但也不可能這麼白。光看她幾乎裸露至肩頭的兩隻手臂，就無法相信那是日本人的手臂。記得以前帝國劇場演出樂團伴奏的歌劇時，我好像還曾對著年輕西洋女演員的白皙手臂看傻眼，現在她的手臂就很像我記憶中的西洋女演員，不，甚至感覺比那更白皙。

這時她晃動著水藍色的柔軟衣服與項鍊，踩著鞋尖綴有新鑽石的漆皮高跟鞋搖曳生姿地走來——那一刻我暗想，啊，這就是上次濱田提到的灰姑娘的玻璃鞋吧。——只見她一手插腰，手肘外張，得意洋洋地扭腰擺臀做出奇妙的姿勢，一邊毫不客氣地猛然湊近啞然的我鼻尖。

「讓治先生，我來取行李了。」

「我不是說過妳不用自己來，派人來拿就好。」

「可是我沒有人可以委託嘛。」

說話的期間，她的身體也繼續不安分地扭動。雖然板著臉一本正經，卻一下子併攏雙腳立正，一下子一隻腳跨出一步，或者拿腳跟扣扣敲地板，每次手的位置也會跟著改變，聳起肩膀，全身肌肉緊繃如鐵絲，總之全身上下的運動神經都在運作。因此我的視覺神經也跟著開始緊張，不得不仔細盯著她的一舉手一投足，乃至全身上下每一寸地方，但仔細盯著她的臉後，我終於發現她看起來判若兩人的原因，原來她把額頭的頭髮剪成兩、三寸，而且瀏海剪得很齊，就像中國少女那樣覆蓋額頭。剩下的頭髮綁成一束，成扁圓形自頭頂覆蓋耳上，宛如大黑天菩薩的帽子。她以前從未梳過這種髮型，臉孔輪廓之所以變得陌生，肯定是這個緣故。之後我又繼續留心打量，只見她的眉型也和過去不同。她的眉毛生來就粗，而且烏黑又濃密，可是今晚，她的眉毛細長畫出朦朧弧形，弧形周圍還有剃過的青痕。這點小把戲我倒是一眼就看出來了，但讓我看不出魔術手法的，是她的眼睛、嘴唇與膚色。眼珠看起來這麼像西洋人，一方面固然是因為眉毛，但似乎還動了甚麼別的手腳。八成是眼皮和睫毛，我猜想，其中肯定有甚麼祕密，但我就是想不出那是怎麼弄的。嘴唇也是，上唇的中央，就像櫻花花瓣，清晰分成二半，而且那種紅潤，和一般塗口紅的紅截然不同，有種渾然天成的自然光澤。至於肌膚的雪白，更是怎麼看都像是天生的膚色，完全找不出抹粉的痕跡。而且白的不只是臉孔，她的肩膀、手臂，乃至指尖都很白，如果塗了白粉照理說全身都得塗抹。而這個外表神祕費解的妖異少女——我甚至覺得，那與其說是 NAOMI 本人，或許是她的靈魂產生某種作用，讓她變成擁有理想美感的一縷幽魂？

「欸，我可以去二樓拿行李吧？」

NAOMI 的幽魂如是說。但，一聽那個聲音果然還是以往的她，並不是甚麼幽魂。

「嗯，可以……可以是可以啦……」

我明顯慌了手腳，不禁用有點尖銳的聲調說。

「……妳是怎麼開門進來的？」

「這還用說，當然是拿鑰匙開門的。」

「鑰匙上次不是還給我了嗎？」

「鑰匙我多得很，又不是只有一把。」

這時，她的紅唇倏然浮現微笑，接著已露出似諂媚似嘲弄的眼神。

「如今我就老實告訴你吧，我打了很多把鑰匙，所以就算你收回一把我也不會傷腦筋。」

「但妳這樣一再上門，我會很傷腦筋。」

「不要緊，只要把行李拿走，以後就算你請我來我也不會再來。」

她說完就翩然轉身，咚咚咚拾級而上，跑進閣樓的房間去了……

……之後到底過了多久呢？我窩在畫室的沙發上，茫然等待她從二樓下來……好像不到五分鐘，又好像過了半小時甚至一小時？……對於這段期間的「時間長短」我已無法確定。我的心頭只有她今晚的模樣，就像聽完美妙的音樂後那種恍惚的快感，始終縈繞不去。那音樂非常高亢，非常純淨聖潔，彷彿來自世外聖域的那種女高音。到了這種境界已經無關愛慾……我心中能感到的，是和那種愛慾想必最無緣的縹緲陶醉。我想了又想，今晚的她，和那個骯髒的淫婦 NAOMI，被許多男人取了難聽綽號等同下賤娼妓的 NAOMI，完全無法畫上等號，而且是我這種男人只能跪在她腳下膜拜的高貴偶像。如果她那雪白的指尖能夠稍微碰觸我，我不僅會心悅甚至會為之戰慄吧。這種心情該如何譬喻才能讓讀者了解呢——說穿了，就像鄉下的老父親來到東京，某天偶然在路上遇到自幼離家出走的親生女。然而，女兒已變成高貴的都市婦人，即便看到骯髒的鄉下農民也沒發現是自己的父親，而父親這廂即使發現了，如今身分天差地遠，因此也不敢靠近，只是驚愕這居然是自己的女兒，在羞愧之下偷偷落荒而逃。——大概就類似父親那一刻似落寞似感恩的心情吧。再不然，或許像是被未婚妻拋棄的男人，過了五年或十年後，某日站在橫濱碼頭，這時一艘商船抵達，大批歸國乘客下船。男人意外在人群中發現女子。雖然猜想她可能是留洋歸來，但男人已無勇氣接近她。自己一如往昔仍是窮書生，女人卻已不再是黃毛丫頭，成了習慣巴黎生活、紐約奢華的時髦貴婦，二人之間已天差地遠。當下書生既輕蔑被拋棄的自己，又覺得至少她意外的飛黃騰達聊可告慰自己的犧牲。——這麼譬喻，雖然還是無法充分道盡我的心情，但若勉強形容的話不外如是吧。總之過去的她，怎麼擦也擦不淨的過往汙點早已滲透她的肉體。然而今晚的她，那些汙點已被純白如天使的肌膚抹消，之前我連想都不屑想起她，此刻反而感到我就算只是碰觸她的指尖都不配。——我這是在作夢嗎？否則她是從哪學來這種魔法、這種妖術？兩、三天前她明明還穿著那身骯髒的家居服……

咚、咚、咚，下樓梯的腳步聲再次響亮傳來，那綴有新鑽石的鞋尖在我的眼前停下。

「讓治先生，我過兩、三天再來。」她說。

雖然她站在我眼前，但我倆的臉孔還隔了約莫一公尺遠，連她那輕盈如風的衣襬也堅決和我保持距離……

「今晚我只是來拿兩、三本書。我總不可能一下子搬運那麼大包的行李吧。況且還穿著這身衣服。」

我的鼻子，在那一刻感到似曾相識的幽微氣息。啊，這個味道……令人想起大海彼岸的國度，以及異國奇妙花園的氣息……這是以前教授舞蹈的修雷慕斯卡雅伯爵夫人……從那人肌膚散發的氣味。NAOMI 此刻也噴了同樣的香水……

不管她說甚麼，我都只是「嗯、嗯……」點頭。即便她的身影再次消失在暗夜中，那種氣息依然縈繞在屋內逐漸淡去，而我就像追逐幻影般用敏銳的嗅覺追逐它……

二十六

各位讀者，看了前一回的經過，各位想必已猜到，我和她不久便會破鏡重圓——那絲毫不足為奇，毋寧是理所當然的發展。而且事實上，結果也的確如各位所料，但是其間過程意外地大費周章，我遇到很多荒謬的遭遇，也白費不少力氣。

我和她，之後很快就開始熟稔地交談。因為隔天晚上，再過一天晚上，乃至之後，她沒有一天晚上不找藉口回來拿點東西。來了之後必然上樓打包東西下來，但拿的都是一些用皺綢薄紗包裹的微不足道的小東西，即便我試問：

「今晚妳又來拿甚麼？」

「這個？沒甚麼，只是一點小東西。」

她總是如此含糊其辭，

「我口渴了，請我喝杯茶好嗎？」

然後就這樣說著在我身旁坐下，聊個二、三十分鐘才走。

「其實妳就住在這附近吧？」

某晚，我與她相對坐在桌前，邊喝紅茶邊說。

「幹嘛這樣問？」

「就算問一下也沒關係吧？」

「可是我就是想知道原因。——你問了打算做甚麼？」

「不打算做甚麼，只是好奇才問問看。——說吧，妳住在哪裡？告訴我也沒關係吧？」

「不要，不告訴你。」

「為什麼？」

「我可沒有義務滿足你的好奇。如果這麼想知道就來跟蹤我吧，反正祕密偵探是你的拿手好戲。」

「我可不想做到那種地步——不過我認為妳的落腳之處肯定就在這附近。」

「噢？為什麼？」

「因為妳每晚都來拿行李。」

「就算每晚都來也不見得住在這附近，我可以搭電車也可以坐計程車。」

「那妳幹嘛要大老遠特地跑來？」

「這個嘛，你說呢——」

她說著迴避我的問題，

「——每晚都來不行嗎？」

她巧妙地轉移話題。

「也不是不行……就算我叫妳不要來，妳還不是照樣過來，所以我也拿妳沒轍……」

「那倒是，我這人就是喜歡唱反調，叫我不要來我就偏要來。——難不成你害怕我來？」

「嗯，那當然是……多少還是有點害怕……」

她聽了仰頭露出雪白的下巴，張大豔紅的嘴，當下放聲大笑。

「不過你放心，我不會做那種壞事。不提那個了，我倒是希望忘記過去種種，今後只以普通朋友的身分和你來往。哪，可以吧？那樣應該不會有任何不便吧？」

「那樣好像怪怪的。」

「哪裡怪了？以前做過夫妻的人，現在當朋友有哪點奇怪？你那才是老掉牙的落伍思想吧？——其實我對往事壓根都沒放在心上了。就像現在，如果我真想誘惑你，輕而易舉就能立刻做到，但我發誓絕對不會那樣做。難得你已下定決心，如果讓你的決心動搖未免太可憐了……」

「那妳是因為看我可憐同情我，才說要跟我做朋友？」

「我可沒有那個意思喔。況且你只要堅定意志讓人不必同情不就好了？」

「問題就是我對自己沒信心，我自認為現在很堅定，可是如果和妳重新來往，我怕我也許會漸漸動搖。」

「讓治先生你真傻。——那你不願意跟我做朋友？」

「對，不願意。」

「如果你不答應，那我就要誘惑你喔。——我要踐踏你的決心，把你搞得一團亂。」

她說著，露出不像開玩笑也不像認真的古怪眼神賊笑。

「以朋友的身分清白來往，和被我誘惑再次受傷害，你覺得哪一種比較好？──我今晚就是要威脅你喔。」

那一刻我暗忖，這女人到底是抱著甚麼打算想和我做朋友？她每晚來訪，肯定不只是閒著無聊來捉弄我，必然還有某種企圖。她打算先和我做朋友，然後逐漸攏絡我，好讓她不必主動投降就能重新與我做夫妻？如果那就是她的真正用意，那她就算不玩那麼麻煩的手段，我恐怕也會輕易同意。因為在我心中，若能與她做夫妻那我絕不會拒絕的念頭，不知不覺已經又重新熊熊燃燒。

「哪，NAOMI，就算我們做普通朋友也毫無意義吧？與其那樣，乾脆重新做夫妻好嗎？」──如果時間與場合適合，本來由我這樣主動提議也行。但是看她今晚的樣子，就算我當真敞開心扉這麼懇求她，她恐怕也不可能輕易點頭。

「那我可不幹，除非當普通朋友否則免談。」

搞不好她看穿我的盤算後，還會得寸進尺這樣玩笑帶過。我的一片真心如果被那樣糟蹋就沒意思了，更何況，如果她的真正用意並非與我重做夫妻，只想以單身的身分自由自在肆意玩弄各種男人，並且把我也當成她的玩弄對象之一的話，那我就更不能隨便開口答應了。就像現在，她連住處都不肯交代清楚，我不得不懷疑她如今身邊仍有別個男人，如果就這樣半推半就傻呼呼地娶她為妻，我鐵定又會戴綠帽。

於是我在情急之下動腦筋，同樣也賊笑著說：

「那就做朋友好了，否則被妳威脅我可受不了。」

之所以這麼回答，是因為我想若以朋友的身分來往，遲早會發現她的真正目的。如果她多少還保有一點真心，屆時我再表明心跡，找機會說服她重做夫妻也不遲，況且屆時想必也能用遠比現在更有利的條件復合。我心底也自有我的一番盤算。

「那你是同意了？」

她說著，竊笑似的湊近我的臉，

「不過，讓治先生，真的只是普通朋友喔。」

「嗯，那當然。」

「彼此都不可以想入非非喔。」

「這我當然知道。——否則我也很困擾。」

「哼。」

她照例嗤鼻一笑。

此事之後，她變得更加頻繁出入。傍晚我下班回來，

「讓治先生！」

她會突然像燕子般撲來，

「今晚請我吃晚餐吧？既然是朋友，請個客應該是小意思吧。」

有時我請她吃西餐，她飽餐一頓就走了，可也有時下雨的深夜她突然上門，咚咚敲打寢室房門，

「晚安，你睡了嗎？——如果已經睡了就不用起來。我今晚打算在你這裡過夜。」

她說著就自行走進隔壁房間，鋪床睡覺，也有時甚至是我早上起床一看，才發現她不知幾時進來的，正在呼呼大睡。而且她總是開口閉口就說「我們是朋友所以沒辦法」。

那時，我深深感到她是個天生的淫婦，為什麼這樣說呢？因為她天生多情，讓

許多男人看到身子也不當一回事，可是也因此，她很懂得平時必須包得緊緊的，哪怕只是些許部分也不能隨便讓男人看到。人盡可夫的肌膚，她平時卻珍而重之隱藏——照我說來，這分明是淫婦出於本能自我保護的心理。因為淫婦的肌膚，對她而言是比甚麼都重要的「商品」，是「賣點」，所以有時比起貞潔烈女守身還得更加嚴密地保護，否則「商品」就會漸漸貶值。她實在很懂得其間的操作分寸，在我這個前夫面前，更是把全身包裹得密不透風。但，若說她絕對守身如玉，那似乎也未必，有時她會故意當著我的面換衣服，換的時候還會故意讓襯裙滑落，然後一邊驚呼一邊雙手遮住裸肩躲進隔壁房間，或者她洗完澡出來，就在梳妝台前作勢脫下上衣，然後彷彿這才發現我，嚷著「哎呀，讓治先生，你怎麼可以在這裡，你先走開啦」把我趕出去。

她總是這樣並未公然展現只是不時稍微走光身體的些許部分，比方說脖頸周圍、手肘、小腿、腳跟這種程度的一丁點肌膚，但我眼尖地發現，她的身體比起之前更加嬌豔，可恨地更美了。我忍不住浸淫在想像的世界剝光她全身衣物，不厭其煩地望著那玲瓏曲線。

「讓治先生，你目不轉睛地看甚麼？」

有一次，她背對我邊換衣服邊說。

「看妳的身體線條，好像變得比以前更加圓潤。」

「哎喲，討厭啦——不可以盯著淑女的身體。」

「我沒盯著看，只是透過衣服也大致看得出來。雖然妳的屁股本來就很翹，但最近好像更翹了。」

「對，更翹了，屁股越來越大。可是雙腿筆直，並沒有變成蘿蔔腿喲。」

「嗯，妳的腿從小就筆直修長。立正時可以緊緊併攏，現在也是嗎？」

「對，可以併攏喔。」

她說著，拿衣服圍著身體倏然立正給我看，

「你看，貼得很緊吧。」

那時我的腦海浮現在照片上看過的羅丹的雕刻作品。

「讓治先生，你想看我的身體嗎？」

「我想看妳就會讓我看嗎？」

「那當然不可能，我們只是朋友。——快，在我換好衣服之前你先走開。」

然後她像要把我推出去似的用力關緊房門。

諸如此類，她總是做出各種撩撥我情慾的小動作，而且每次把我挑逗到緊要關頭後，就設下嚴重關卡，再也不讓我越雷池一步。我和她之間有一堵玻璃牆，即便看似如何接近，實際上終究有難以逾越的阻隔。如果隨便出手必然會撞上那堵牆，就算再怎麼焦躁也無法碰觸她的肌膚。有時她會突然作勢打開那道牆，讓我以為「咦，可以嗎」，可我如果一靠近，又會像原先一樣門禁森嚴。

「讓治先生，你是乖孩子，所以獎賞你一個吻。」

她經常半是戲弄地這麼說。明知被戲弄，可當她主動送上櫻唇，我還是想吸吮，可是到了緊要關頭她的嘴唇又溜走，隔著不到十公分對我的嘴巴吹氣，

「這是友誼之吻喔。」

她說著奸詐地笑了。

這種「友誼之吻」的怪異打招呼方式——不吸吮女人的唇，只吸她呼出的氣就必須滿足的奇妙接吻——後來變成一種習慣，道別時，她會說「那我走了，改天再

來」，把唇嘛過來，我就把臉湊上去，像面對吸入器一樣張大嘴巴。她朝我的口中吹進一口氣，我閉上眼，津津有味地把那口氣深深吸入，吞嚥到心頭深處。她呼出的氣潮濕溫熱，一點也不像出自人類的肺部，有種花朵的甜香。——她為了蠱惑我，似乎悄悄在唇上塗抹香水，但當時的我自然不知道她做了這種小動作。——我經常暗想，像她這樣的妖女，或許連內臟都和普通女人不一樣，所以通過她體內含在口腔中的空氣，才會帶有如此性感的氣息吧。

我的思緒就這樣逐漸被攪亂，任由她隨意翻弄擺布。如今，我已不再有餘裕說甚麼除非正式結婚否則不稀罕、只被當成玩具很困擾之類的話了。不，老實說，想必打從一開始就知道會變成這樣，所以如果真的害怕她的誘惑，只要不理她即可，之所以說甚麼這是為了查明她的真正目的、為了窺視有利的機會云云，都只不過是騙自己的藉口。我嘴上說害怕誘惑，其實翹首期盼她的誘惑。可她一直玩那個無聊的朋友遊戲，就是不肯再進一步誘惑我。這大概是她吊我胃口的計策吧，等我心焦如焚之後，她大概就會看準時機突然脫下「朋友」的面具，伸出她拿手的魔爪吧，她肯定很快會出手，這女人不可能不出手，而我只能按照她的計策像隻聽話的小狗，她叫我「立正」我就「立正」，叫我「握手」就「握手」，只要樣樣都照她的要求表演，最後大概就能得到獎勵。於是我天天抽動著鼻子等待，但我的預想並未輕易實現，即便我以為今天應該會脫下面具了吧、明天應該會伸出魔爪了吧，可是到了那天，她也總在千鈞一髮之際又溜掉了。

如此一來，我真的開始焦急了。我恨不得直接挑明「我已經等不下去了，如果要誘惑我就快點誘惑」，時而露出無防備的架式，時而暴露弱點，最後我甚至反過來主動引誘她。但她始終不為所動，

「讓治先生你幹嘛！你這樣說話不算話喔！」

她露出斥責小孩的眼神，如此譴責我。

「甚麼約定都不重要了，我已經……」

「不行、不行！我們是朋友！」

「哪，NAOMI……妳別這麼說嘛……我求求妳……」

「哎喲，你很煩欸！就跟你說不行！……來，親一下總行了吧。」

然後她照例朝我吹了一口氣，

「哪，可以了吧？你就這樣將就一下吧，光是這個舉動或許都已超出友誼的範圍了，但因為是你所以我才特別優待。」

然而，她這種「特別」的愛撫手段，反而異常刺激我的神經，絕對無法讓我鎮靜下來。

「可惡！今天又不行嗎！」

我越來越焦慮煩躁。她一陣風似的忽然離開後，我就會好一陣子無心做任何事，只能生自己的氣，猶如籠中困獸在屋內走來走去，抓起手邊的物品亂摔或撕破洩憤。

我實在飽受這種瘋狂的，或該稱為男性歇斯底里的發作所苦，但她每天都會來，因此一天必然會發作一次。再加上我的歇斯底里和一般的歇斯底里性質不同，即便發作停止之後，也不會因此感到輕鬆。毋寧隨著情緒平靜後，會比之前更明瞭、更執拗地想起她肉體的各個細微部分。她換衣服時倏然從衣襬底下露出的小腳，或是湊近朝我吹氣時離我不到十公分的櫻唇，比起實際看到的當時，反而是事後更清晰地浮現眼前，沿著那嘴唇或玉足的線條天馬行空地幻想，說來不可思議，連實際上看不見的部分都如沖洗相片漸漸顯影，最後在心中的幽暗深處忽然出現宛如大理石維納斯雕像的倩影。我的頭腦就是天鵝絨帷幕圍繞的舞台，在那舞台上有一個名叫「NAOMI」的女演員登場。從四面八方投射的舞台燈光，對著她在黑暗中搖曳的雪白身體，射下強烈的圓光籠罩。我一心一意地凝視久了，燃燒的白光在她身上越來越明亮，有時甚至逼近我幾乎燒到我的眉毛。就像電影的「大特寫」，將每個部位非常鮮明地放大……那種栩栩如生的幻影威脅我官能感的程度，和真的毫無分別，唯一遺憾的是不能伸手碰觸，至於其他地方甚至比她本人更生動。看久了之後，我甚至感到頭暈目眩，全身的血液好像一下子湧到臉上，不由自主心跳急遽。於是歇斯底里再次發作，瘋狂地踢開椅子，扯下窗簾，砸碎花瓶。

我的妄想與日俱增越來越狂暴，只要閉上眼，她的身影總在黑暗的眼底深處浮現。我經常想起她呼出的芬芳氣息，對著半空張開嘴，用力吸納空氣。無論走在路上或窩在屋裡，只要思念她的紅唇，我就會突然仰起頭張嘴吸氣。視線所到之處似乎都能看見她的紅唇，周遭充斥的空氣彷彿都是她呼出的氣息。換言之她充斥天地間，圍繞我，折磨我，就像一邊聽我呻吟，一邊笑著旁觀的惡靈。

「讓治先生最近怪怪的，好像有點不對勁喔。」

某晚她來訪時，如此說道。

「我大概的確不對勁吧，因為我如此瘋狂被妳折磨……」

「哼……」

「妳哼甚麼？」

「我可是打算信守承諾喔。」

「妳打算守到甚麼時候？」

「直到永遠。」

「別開玩笑了，在這樣下去我會漸漸發瘋。」

「那，我告訴你一個好辦法吧，你可以打開水龍頭用冷水沖沖腦袋。」

「喂，妳真的……」

「又來了！讓治先生每次都露出這種眼神，所以讓我更想捉弄你。你不要靠我這麼近，離我遠一點啦。至少要保持連一根手指都碰不到的距離。」

「好吧，那至少來個友誼之吻吧。」

「如果你乖乖聽話我就獎勵你，但之後你不會又胡思亂想？」

「無所謂，我已經顧不得那個了。」

二十七

那晚她讓我坐在桌子對面「連一根手指都碰不到」，一邊興味盎然望著我焦慮的神情，一邊閒聊到深夜，到了十二點，她又用那種揶揄人的語氣說：

「讓治先生，今晚讓我留下過夜吧。」

「好啊，妳留下吧，反正明天是星期天，我整天都在家。」

「不過我得先聲明，就算我留下過夜，也不會讓你稱心如願喔。」

「不，妳用不著擔心，因為妳根本不是那種會任我擺布的女人。」

「你其實希望我是那種女人吧？」

她說著，嗤鼻冷笑，

「好了，你先去睡吧，可別說夢話喔。」

她把我趕去二樓，然後走進隔壁房間喀嚓一聲鎖了門。

我當然很在意隔壁房間，始終輾轉難眠。以前我們還是夫妻時從沒有這麼荒謬的情形，當我這麼躺著時，她總在我身旁。想到這裡，我就格外不甘心。一牆之隔的那頭，她頻頻——或者是故意如此——弄得地板乒乓響，一下子鋪被窩一下子拿枕頭，正在準備就寢。啊，她現在解開頭髮了吧，她正脫下衣服換睡衣吧……那些情景歷歷如在眼前。之後她似乎唰地掀開被子，接著就聽見她的身體重重倒臥在被子上的聲音。

「聲音可真熱鬧。」

我半是自言自語，半是故意讓她聽到地說。

「你還沒睡？睡不著？」

牆那頭的她立刻接腔。

「對，毫無睡意——我正在想很多事。」

「呵呵呵，你想的事情，不用問我也大致猜得出來。」

「不過，說來真奇怪。現在妳明明就睡在這面牆那頭，我卻拿妳毫無辦法。」

「這一點也不奇怪。打從以前不就一直如此嗎？我第一次來你住處時——當時不也是像今晚這樣睡？」

被她這麼一說我才想起，對，差點忘了，好像的確有過那樣的時代，當時彼此都很純潔——我幾乎感傷落淚，但這樣絲毫無法讓我此刻的愛慾冷卻。反而只感嘆我倆的緣分何等深厚，痛切感到我終究離不開她。

「當時的妳天真無邪。」

「我現在也一樣天真無邪，有邪氣的是讓治先生。」

「隨妳怎麼說吧，反正我已打算追隨妳到天涯海角。」

「呵呵呵！」

「喂！」

我說著，用力敲打牆壁。

「哎喲，你幹嘛，這可不是荒郊野外唯一一戶人家。你安靜點。」

「這面牆太礙事了，我想把這面牆打掉。」

「吵死了。今晚的老鼠鬧得特別囂張。」

「那當然會鬧囉。因為這隻老鼠已經歇斯底里了。」

「我討厭那種老頭子老鼠。」

「胡說八道，我才不是老頭子，我才三十二。」

「可我才十九呢，對十九歲的人而言三十二歲已經是老頭子了。我說這話是為你好，你還是另外找個老婆吧，那樣或許能治好你的歇斯底里。」

不管我說甚麼，最後她都只是呵呵笑。沒過多久，她就說聲「我要睡了」，故意發出虛假的打呼聲，但最後好像真的睡著了。

隔天早晨，我醒來一看，她衣衫不整地穿著睡衣，坐在我的枕畔。

「你怎麼了？讓治先生，昨晚很誇張耶。」

「嗯，最近我經常那樣歇斯底里發作。嚇到妳了？」

「超好玩的，改天我想再看你那樣。」

「我已經沒事了，今早徹底痊癒了。——啊，今天天氣真好。」

「既然天氣好，你何不趕緊起床？已經十點多囉。我一個小時之前就起來了，剛剛洗過澡。」

聽她這麼一說，我躺著仰望她剛洗過澡的模樣。女人所謂的「出浴圖」——真正的美妙之處，其實不在剛泡完熱水出來時，而是過了一段時間，比方說十五、二十分鐘後最妙。泡過熱水後，即便膚質再好的女人都會暫時皺巴巴，連指尖都發紅浮腫，可是等到身體適度冷卻後，皮膚就會像蠟液凝固般變得晶瑩剔透。她現在也是，從澡堂回來時在外面吹了風，因此正是出浴後最美麗的瞬間。那脆弱、細薄的皮膚還含著水蒸氣，同時潔白發亮，被領子遮掩的胸部，形成水彩顏料般的紫色陰影。臉孔光滑，彷彿繃了一層膠膜般帶著光澤，唯有眉毛是濕的，她的頭頂上方是萬里無雲的冬日晴空，透過玻璃窗微微映出一抹藍。

「妳怎麼一大清早就去泡湯。」

「這個用不著你管吧。——啊，泡過澡真舒服。」

她說著伸掌輕拍鼻子兩側，接著倏然把臉伸到我眼前。

「喂！你仔細看，我有鬍子嗎？」

「對，有。」

「早知道我應該順便去理髮店刮個臉。」

「可是妳以前不是很討厭修臉嗎？妳說西洋女人絕對不會修臉——」

「問題是最近美國那邊流行修臉。欸，你看我的眉毛，美國女人都是這樣修眉毛的。」

「原來如此，我懂了，難怪妳的臉變化這麼大，連眉型都截然不同，原來是因為這樣修眉毛啊。」

「對，沒錯，你現在才發現，真是落伍。」

她說著，好像又在想別的事情。

「讓治先生，你的歇斯底里真的好了？」

她忽然這麼問。

「嗯，好了。幹嘛問這個？」

「如果好了我想拜託你一件事。——我懶得現在去理髮店，所以你幫我修臉好不好？」

「妳講這種話，是想讓我歇斯底里再次發作吧？」

「哎喲，才不是，我真的是認真拜託你，所以你就幫個忙應該沒關係吧？不過如果歇斯底里發作把我弄傷了那可不得了。」

「我可以把安全剃刀借給妳，妳自己動手不就好了。」

「問題就是不行呀。如果只是臉還無所謂，可我連脖子周圍直到肩膀後面都要除毛。」

「噢？為什麼連那種地方都要除毛？」

「對呀，你想想看，如果穿晚禮服會露到肩膀這裡吧——」

她說著特地稍微露出肩膀給我看，

「你看，要剃到這裡為止，所以我自己做不到。」

她說完後，又慌忙把衣服拉上來遮住肩膀。雖然她每次都用這招，可我還是難以抵抗那種誘惑。這傢伙，根本就不是想修甚麼臉，她是抱著玩弄我的打算才特地去泡澡。——明知如此，總之替她除毛畢竟是前所未有的一個嶄新挑戰。今天終於可以放心大膽地靠近她，細看她每一寸肌膚，當然也可以伸手碰觸。光是這麼想，我就沒有勇氣拒絕她的要求。

在我忙著替她開瓦斯爐燒水、拿臉盆、更換吉列牌刮鬍刀刀片……做各種準備之際，她把桌子搬到窗邊，放上小鏡子，安穩坐在我雙腿之間，接著拿白色大毛巾圍住領口。但當我繞到她身後，用高露潔香皂棒沾水打濕，正準備要動手時，她突然說：

「讓治先生，讓你剃沒關係，但我有個條件。」

「條件？」

「對，條件。不是甚麼難事。」

「甚麼條件？」

「我可不希望你用除毛當藉口，趁機用手指到處亂捏，你剃毛的時候，絕對不能碰觸我的皮膚。」

「可是妳——」

「有甚麼好『可是』的，不用碰觸也能剃吧，泡沫拿刷子塗抹就行了，剃毛也是用吉列牌刮鬍刀……就算去理髮店，手藝好的師傅也不會碰到皮膚。」

「拿我和理髮店師傅相提並論太傷感情了吧。」

「別說大話了，其實你明明很想替我剃毛！——如果不願意，那我也不勉強你替我剃毛。」

「我怎會不願意。妳別這麼說，就讓我剃吧，枉費我一切都準備就緒了。」

我盯著她領子向後拉下露出的長長髮腳，除了這麼說別無選擇。

「那你會遵守我的條件？」

「嗯，我會。」

「絕對不可以碰我喔。」

「嗯，我不碰。」

「只要稍微碰到一下，我就會立刻喊停喔。把你那隻左手乖乖放在膝上。」

我聽命行事。只用右手，從她的嘴巴周圍開始剃毛。

她彷彿在沉醉地品味被剃刀刀鋒撫過的快感，眼睛盯著鏡子，安分地任我剃毛。我的耳朵，可以聽見她似乎昏昏欲睡的平穩呼吸；我的眼睛，可以看見她顎下跳動的頸動脈。如今，我已接近她的臉到了幾乎被她的睫毛尖刺中的地步。窗外乾燥的空氣中，晨光明媚照耀，光線明亮得幾乎能數出每一個毛細孔。我從未在如此明亮的地方，這樣長時間，而且這樣精細地凝視心愛的女人的五官。這樣一看，她的美麗具有巨人似的偉大，巍然逼近。那長得可怕的丹鳳眼，宛如氣派建築的挺直鼻梁，從鼻子連接嘴巴的二條突兀線條，線條下方，是深深刻畫的紅唇。啊，這就是所謂「NAOMI」的臉孔這個靈妙物質嗎？就是這個物質造成自己的煩惱嗎……這麼一想，我深感不可思議。不禁拿起刷子，在那物質的表面拼命攪出泡沫。然而，儘管我拿刷子一再攪動，它依然只是安靜、無抵抗、帶著柔軟的彈力顫動……

我手上的剃刀，就像銀色的蟲子爬行般滑過光滑的肌膚，從脖子移向肩膀。她豐腴的背部，如雪白的牛乳，寬闊、巍峨地進入我的視野。她或許正在看自己的臉，但她知道自己的背部如此美麗嗎？她恐怕並不知道。最清楚這點的人是我，因為我曾經天天替這個背部洗澡。當時也像此刻這樣弄出許多肥皂泡沫……這是我的愛情古蹟。我的手，我的五指，曾在這淒豔的白雪上欣然嬉戲，自在愉快地踩踏此處。說不定迄今某處仍留有痕跡……

「讓治先生，你的手在發抖，拜託你鎮定一點……」

她的聲音突然傳來。我的腦袋嗡嗡響，口乾舌燥，自己也知道身體在丟臉地顫抖。我猛然一驚，感到自己又發瘋了。但我拼命忍耐之下，臉孔突然忽冷忽熱。

然而她的惡作劇並未到此結束。肩膀剃好後，她竟然捲起袖子，抬高手肘說，

「好，接著是腋下。」

「啊？腋下？」

「對，腋下——穿洋裝必須剃腋毛，否則被人看見了多失禮啊。」

「妳是故意的！」

「我怎麼故意了，你這人還真好笑。——我開始覺得冷了，拜託你動作快點。」

那一剎那，我突然扔下剃刀，撲上去抱住她的手肘——與其說抱住或許該說咬住。她似乎早有預料，立刻用手肘把我推開，但我的手指似乎還是碰觸到甚麼地方，肥皂泡沫弄得手上滑溜溜。她再次用盡全力把我推向牆壁，隨即尖聲大喊：

「你幹甚麼！」

定睛一看，那張臉——大概是因為我的臉色鐵青，她的臉色也——不開玩笑，也是鐵青的。

「NAOMI！NAOMI！拜託妳不要再捉弄我了！好嗎！我甚麼都聽妳的！」

我說了些甚麼自己完全不記得，只是性急地像連珠炮般狂熱地滔滔不絕。而她只是保持沉默，一本正經，站著不動，好像很受不了我似的瞪著我。

我撲到她腳下，跪地說：

「哪，妳為什麼不吭氣！拜託妳說句話！否則就殺了我！」

「你瘋了！」

「瘋了不行嗎？」

「誰要理睬你這種瘋子！」

「那就把我當馬，像以往那樣騎在我背上，如果實在不願意至少那樣也好！」

我說著，已經立刻趴在地上。

一瞬間，她似乎以為我真的發狂了。那一刻，她的臉色更難看甚至發黑，目不轉睛看我的眼中，有種幾近恐懼的神色。但，她忽然露出大膽豪放的表情，跨坐到我背上，一邊用男人的語氣說，

「好了，這樣行了吧？」

「嗯，這樣就好。」

「從今以後我說甚麼你都會聽從嗎？」
「嗯，我會。」
「只要是我開口，多少錢你都肯給？」
「我給。」
「你會讓我隨心所欲，不會動不動就干涉我嗎？」
「不會。」
「以後不會再隨便喊我『NAOMI』，會用『小姐』的尊稱嗎？」
「我會。」
「你保證？」
「我保證。」
「很好，那我就把你當人不當馬，因為你太可憐了——」
而我與她，渾身都沾滿了肥皂泡……
「這下子終於成了夫妻，這次妳別想逃了。」我說。

「我跑掉了真的讓你那麼困擾？」

「對，非常困擾，有一陣子我還以為妳絕對不會回來了。」

「怎樣？現在知道我有多可怕了吧？」

「知道了，徹徹底底知道了。」

「那麼，剛才說過的話你可別忘了，一切都要任我隨心所欲喔。——雖說是夫妻，但我可不想做那種正經八百的夫妻，否則我又會逃走喔。」

「從今以後，我們又是『NAOMI小姐』與『讓治先生』了。」

「你會讓我不時去跳舞？」

「嗯。」

「會讓我和各種朋友來往？不會像之前那樣抱怨？」

「嗯。」

「不過我已經和小政絕交了。」

「噢？妳和熊谷絕交了？」

「對，絕交了，沒看過那麼討厭的傢伙。——今後我會盡量和西洋人交往，比日本人有意思多了。」

「是那個橫濱的馬卡內爾嗎？」

「西洋朋友多得是。我和馬卡內爾也沒有甚麼不可告人的關係喔。」

「哼，誰知道——」

「你看你，就是這樣懷疑人家才不好，我既然這樣說，那你就要這樣相信。知道嗎？說！你信還是不信？」

「我信！」

「除此之外我還有要求喔——讓治先生辭去工作想幹甚麼？」

「既然被妳拋棄了，我本來打算返鄉定居，但現在我不會回鄉下了。我會把鄉下的財產整理後變現，把錢帶過來。」

「變現後大概有多少錢？」

「不清楚，能帶來的大概有二、三十萬吧。」

「就這麼一點？」

「有這麼多，應該已經足夠我倆生活了吧。」

「夠我們揮霍和吃喝玩樂？」

「當然不可能整天吃喝玩樂。——妳去玩沒關係，但我打算開個事務所，自行創業。」

「我可不准你把錢全都投入工作那邊喔，你得另外留一筆錢給我揮霍。行嗎？」

「好，沒問題。」

「那你會留一半給我？——如果是三十萬就給我十五萬，如果是二十萬就給我十萬——」

「妳要求得可真精確。」

「那當然，一開始就得先談妥條件。——怎樣？你答應嗎？你不願意付出那個代價來娶我？」

「我怎麼可能不願意——」

「不願意就說不願意，趁現在反悔還來得及。」

「就跟妳說沒問題——我答應就是了——」

「還有喔——既然如此就不能再住這種房子了，請你搬到更氣派、更時髦洋氣的房子。」

「那當然沒問題。」

「我想搬到西洋人的城區，住西式房子，要有漂亮的寢室和餐廳，使喚西洋廚師和服務生——」

「東京有那種房子嗎？」

「東京沒有，但橫濱有。橫濱的山手區正好有一間這樣的房子出租，上次我已經去看過了。」

我這才知道她有深謀遠慮的企圖。她打從一開始就抱著這個打算，擬妥計畫，引我上鉤。

二十八

好了，故事接下來要跳到三、四年之後。

我們後來搬去橫濱，租了她早就看中的山手區洋房，但是隨著生活日漸奢華，她又開始抱怨那棟房子太小，不久就把本牧一間本是瑞士家庭居住的房子連同家具一起買下，搬去那裡住。後來那場大地震把山手區燒得寸草不留，幸好本牧受害的地區不多，我家也僅有牆壁龜裂，幾乎沒甚麼損失，真不知是走了甚麼好運。因此我們才會到現在還住在這棟房子。

後來，我按照計畫離開大井町那家公司，整理鄉下的財產變現，和學生時代的兩、三個老同學合資成立公司專門製作並販售電子儀器。這家公司，雖然我是最大出資者，但實際運作由朋友負責，因此我不必天天去上班，不知為何，NAOMI 不喜歡我整天待在家中，因此我只好不情不願地一天去公司巡視一次。我通常在上午十一點左右從橫濱去東京，到京橋的事務所待一、兩個小時，大概下午四點左右回來。

我以前很勤勉，算是起得很早，但最近的我，通常都要九點半或十點才起床。一起床就穿著睡衣悄悄躡足走到她的臥室前，靜靜敲門。可她比我還會賴床，所以那時多半還在睡夢中，有時會低哼一聲回答，有時睡得不醒人事。如果她有回應我就會進去道早安，如果沒回應我就轉身離開，就此出門去上班。

就這樣，我們夫妻不知不覺變成分房睡，不過這本來是她的提議。她說婦人的閨房很神聖，饒是丈夫也不可隨意冒犯。她自己占用大房間，把隔壁那個小房間分派給我。而且雖說就住隔壁，但二個房間並未直接相連。中間還夾著夫妻專用的浴室和廁所。換言之，衛浴設備隔絕了彼此，因此若要從一方的房間去另一方，必須先穿過衛浴設備。

她每天上午就這樣半睡半醒地躺在床上抽菸或看報紙直到十一點多。香菸是Dimitrino的細捲菸，報紙是《都新聞》，另外她也會閱讀《Classic》和《Vogue》雜誌。不，不是閱讀，她只是一頁一頁欣賞其中的畫報圖片——主要是洋裝的設計與時尚流行。她的房間朝東方與南方敞開，陽台下面就是本牧的海岸，一早就光線明亮。她的床就放在若是日本和室足可鋪設二十張榻榻米的寬闊房間中央，而且那不是普通的廉價床鋪，是某東京大使館出售的，附有天頂，垂掛白紗般的帳子，買了這張床後，也許是睡起來更舒服，她比以前更愛賴床。

她洗臉前會先在床上喝紅茶與牛奶。趁此期間老媽子會去準備洗澡水。等她起床後，先去泡澡，泡完出來再躺一會，一邊讓人替她按摩。之後梳頭髮、修指甲，雖然號稱七大工具其實不只七種，總共大概用了幾十種藥物和工具保養她那張臉，穿衣服時又要挑選半天，等她去餐廳時通常都已一點半了。

吃過午餐後，到晚上之前幾乎都沒事。晚餐或是邀請客人或是受邀，再不然就是去飯店跳舞，從來不會沒事做，所以到了時間她會再次化妝更衣。有晚宴時尤其不得了，還得泡澡，讓老媽子幫忙，在全身塗抹白粉。

她的朋友經常換人。濱田和熊谷後來再也不曾出現，有一陣子她似乎很中意那個馬卡內爾，但隨即取代他的是杜甘這個男人。杜甘之後，她又交了尤斯塔斯這個朋友。這個尤斯塔斯比馬卡內爾更令人不快，很會討好她，有一次我甚至曾在憤怒之下當著舞會眾人毆打這傢伙。結果引起很大的騷動，NAOMI 也替尤斯塔斯撐腰罵我瘋子。於是我更加狂怒，四處追打尤斯塔斯。後來眾人抱住我大喊「喬治！喬治！」。——我的名字是讓治（Jouji），但西洋人以為是 George，因此老是喊我「喬治」——這件事發生後，尤斯塔斯不再來我家，同時 NAOMI 也對我提出新的條件，我只好服從。

尤斯塔斯之後，當然又出現了第二個、第三個尤斯塔斯，但現在，我已溫順得連我自己都覺得不可思議。人只要嘗到一次苦頭，似乎就會變成強迫性思維，永遠烙印腦海，我到現在都忘不了當時讓她跑掉的那段可怕經驗。她說的那句「現在知道我有多可怕了嗎」，迄今仍在我耳中縈繞。她的不貞與任性我早就知道，但是如果少了那缺點，她也將完全失去價值。當我越覺得她不貞、任性，她就越顯得可愛，從此深陷她的網中。因此我醒悟，如果我發怒只會讓自己輸得更徹底。

人一旦失去自信會變得很沒用，眼下的我，英語已經比不上她了。她大概是在和西洋人實際交往的過程中，英語自然變得很流利吧，晚宴時聽她一邊八面玲瓏討好紳士淑女一邊滔滔不絕，由於她的發音從以前就特別漂亮，因此特別像西洋人，我經常聽都聽不懂。而她也經常效法西洋人喊我喬治。

我們夫妻的記錄就到此結束。看了之後，覺得可笑的人請儘管笑。覺得足可借鏡的人請當作教訓。至於我自己，至今迷戀著她，所以別人要怎麼想我都沒辦法。

NAOMI今年二十三歲，而我三十六歲。

痴人之愛
痴人の愛

作　　者　谷崎潤一郎
譯　　者　劉子倩
主　　編　林玟萱

總 編 輯　李映慧
執 行 長　陳旭華（ymal@ms14.hinet.net）

社　　長　郭重興
發行人兼出版總監　曾大福
出　　版　大牌出版 / 遠足文化事業股份有限公司
發　　行　遠足文化事業股份有限公司
地　　址　23141 新北市新店區民權路 108-2 號 9 樓
電　　話　+886-2-2218-1417
傳　　真　+886-2-8667-1851

印務協理　江域平
封面設計　朱疋
排　　版　新鑫電腦排版工作室
印　　製　成陽印刷股份有限公司
法律顧問　華洋法律事務所　蘇文生律師

定　　價　360 元
初　　版　2019 年 09 月
二　　版　2022 年 07 月

電子書 E-ISBN
9786267102947 (EPUB)
9786267102930 (PDF)

國家圖書館出版品預行編目資料

痴人之愛 / 谷崎潤一郎 著 ; 劉子倩 譯 . -- 二版 . -- 新北市 :
大牌出版 , 遠足文化事業股份有限公司發行 , 2022.07
面 ;　公分
譯自：痴人の愛

ISBN 978-626-7102-74-9 (平裝)

861.57　　111009011